臺灣詩學論叢27

詩的隱遁術

尹玲詩歌賞析

主編 陳政彥

【總序】二〇二五，不忘初心

李瑞騰

我們一路吹鼓吹

一些寫詩的人集結成為一個團體，是為「詩社」。「一些」是多少？沒有一個地方有規範；寫詩的人簡稱「詩人」，沒有證照，當然更不是一種職業；集結是一個什麼樣的概念？通常是有人起心動念，時機成熟就發起了，找一些朋友來參加，他們之間或有情誼，也可能理念相近，可以互相切磋詩藝，有時聚會聊天，東家長西家短的，然後他們可能會想辦一份詩刊，作為公共平台，發表詩或者關於詩的意見，也開放給非社員投稿；看不順眼，或聽不下去，就可能論爭，有單挑，有打群架，總之熱鬧滾滾。

作為一個民間的藝文團體，詩社可能會有組織章程，或同仁公約等，但也可能什麼都沒有，很多事說說也就決定了。因此就有人說，這是剛性的，那是柔性的。依我看，詩社都是柔性的；當然，程度是會有所差別的。

「臺灣詩學季刊雜誌社」看起來是「雜誌社」，但其實是「詩社」，一開始，聚合了八位愛詩寫詩者，辦了一個《臺灣詩學季刊》（出版了四十期），除了辦刊，也敲鑼打鼓辦活動；後來多發展出《吹鼓吹詩論壇》（已出版六十二期），一路吹鼓吹，樂音高亢，原來的那個季刊就轉型成《臺灣詩學學刊》，致力於剖情析采，建構臺灣現代詩學。緣於詩社的高動能，入社者越來越多，現已有四十七位同仁了。我曾說，這「一社兩刊」的形態，在臺灣是沒有過的；近幾年，又致力於圖書出版，包括同仁詩集、選集、截句系列、詩論叢等，迄今已逾百本了。現在更以臉書社團經營節目網站「線上詩香」（另有一「facebook 詩論壇」以發表詩作為主，已十餘年），談詩、誦詩、玩詩，剛辦過AI詩圖共創，現在又在辦理「新詩書法」，推動新詩與書法的跨域合作，追求從「文字」出發的「詩」「書」雙藝雙美。

二〇二五年，六本書

二〇二五年，在圖書出版方面，臺灣詩學季刊社持續與秀威資訊科技合作，出版「截句詩系」三本：《對木詩社截句選》、《截後餘聲：二〇二四～二〇二五臉書截句選》、《活著也要像隻蟲——白靈截句3》；「斜槓詩系」二本：《時光卷軸‧古都之心》和《李飛鵬攝影詩集II》；「臺灣詩學詩論叢」一本：《詩的隱遁術：尹玲詩歌賞析》。此外，另有蘇紹連主編的吹鼓吹詩人叢書三本（黃裕文、黃木欅、不清三位作者）於今年度內出版，未計在此六本書內。

臺灣推行截句幾年，在境外（新、馬、菲、緬等東南亞華文詩壇）產生了影響，與一水之隔的泉州產生了交流。今年出版的三本中有一本是泉州「對木」詩社同仁的截句詩選，收十八人的三百七十首截句，主編吳撇即該社發起人，對截句有深刻的體會，「在這些截句裡，字與字的間隙，彷彿藏著整個世界的呼吸」，他說，截句的獨特魔力是「用最少的筆墨，開拓出最遼闊的想像空間，將每一個瞬間都捕捉進雋永的詩意快門之中。」我覺得「截句」已可以跨域從事比較研究了。另一本是臺灣詩學季刊社臉書年度截句選，由寧靜海和漫漁主編，這是一個開放空間，合乎規約（截句是一個詩類，有其形式規範），任何人皆可投稿，但「選」自有主編者的詩藝判斷，以「截後餘聲」命名，既用「截」意，復取其詩類特性（有「餘聲」，即含不盡之意見於言外），這六十二人的兩百二十首截句，讀來都耐人尋味。三是臺灣截句運動的主催者白靈的第三本截句集《活著也要像隻蟲》，對於截句，白靈從理論到實踐，不論創作或出版活動，持之以恆，意志堅定，可見其態度之認真。

斜槓詩系是以詩為主的跨域創作，創世紀詩人群早期實驗性頗強的視覺詩，蘇紹連、向陽、須文蔚等人巧妙運用電腦科技的數位影像詩創作，不久前才風光落幕的AI詩圖共創等，都堪稱斜槓。今年兩本斜槓詩系是詩圖共創，一本是《李飛鵬攝影詩集II》，一本是多人作品合集《時光卷軸・古都之心》。前者是名醫詩人攝影家的創意大發揮，客觀的景和物是攝影，用詩主觀詮解，「意」與「象」相應處，閃現智慧靈光與生命體悟。後者是一個生活寫作班二十八位師生的集體創作（七十一首作品及八十幀照／圖片），書末有「詩集小檔案」：二〇二〇年十一月閱讀《古都》小說；二〇二三年十一月尋訪古都；二〇二四年七月完成詩集電子版；二〇二五年十二月出版。詩主要是配照片，也有AI繪圖。

《詩的隱遁術——尹玲詩歌賞析》為慶祝尹玲八十華誕而企畫，由陳政彥主編，他精選尹玲詩三十五首，分成三輯（類），邀請三十餘位詩人和詩評家賞析詩作，納入臺灣詩學論叢。這是一本有溫度的詩歌賞析，是相對年輕世代對長者的致敬之書。尹玲來自越南，當年越南淪陷，尹玲正在臺灣留學，一夕白頭，成為她一生的標誌。她奮力活著，以臺法二頂尖大學的博士學位，在詩與學術領域，閃閃發光。臺灣詩學季刊社將在今年九二八教師節前夕，由楊宗翰策劃「尹玲八十詩會」，以詩以歌以愛，祝賀尹玲生日快樂。

不忘初心，全力以赴

詩之為藝，語言是關鍵，從里巷歌謠之俚俗與迴環復沓，到講究聲律的「欲使宮羽相變，低昂互節，若前有浮聲，則後須切響」（《宋書・謝靈運傳論》），是詩人的素養和能力；一但集結成社，團隊的力量就必須出來，至於把力量放在哪裡？怎麼去運作？共識很重要，那正是集體的智慧。

臺灣詩學季刊社將不忘初心，在應行可行之事務上全力以赴。

【主編序】飄零旅途鮮花綻放

陳政彥

尹玲，本名何金蘭，一九四五年出生於越南美拖市，祖籍廣東大埔，兒時家中開中藥鋪維生，父親堅持以客家話維繫鄉土記憶，日常生活也用越南語溝通，殖民背景下的法語教育更為她奠定多元文化視野。自幼浸潤於中、法、越三種語言與文學傳統裡，才華洋溢的她十六歲便在西貢堤岸的華文報刊發表詩歌、散文與小說。中學畢業後先在法國科技進出口公司 COTECO 工作，在取得公司諒解下，利用工作空檔半工半讀，後於越南西貢文科大學取得文學學士學位。

但是越南和平的局面越來越難維持，一九六八年一月三十日北越表面假意和談，卻趁春節期間偷襲進攻，這也讓成年後的尹玲第一次如此清楚感受到戰爭的激烈與殘酷無情。

一九六九年，在父親鼓勵下赴臺，獲中華民國政府獎學金，孤身來到異國，進入臺灣大學中文研究所，師從臺靜農、鄭騫等著名學者，刻苦完成碩士學位。但是一九七四年美國政府完全撤軍，導致最終越南淪陷，除了已帶來臺灣求學的弟弟之外，尹玲瘋狂地希望能申請政治庇護，讓家人逃出亂邦，不料事與願違。國破家亡的痛楚讓尹玲一夜白頭，成為伴隨一生的印記，強烈痛楚讓她不願碰觸回憶，終擱置了長年來持續不懈的創作。一直等到十多年之後，才終於拾回詩筆。陷於家國哀思中的尹玲痛不可抑，所幸在師長們的關心叮嚀下，讓她決心寄情學術研究，終於在一九七七年取得中國文學國家博士學位，並且任教於淡江大學。

在那個副教授任教三年後，就有資格申請教授的年代裡，尹玲卻決定到法國巴黎留學，再攻讀一個博士學位，這個旁人無法理解的決定，也許源於兒時在故鄉越南所接觸的法國文化影響。越南淪陷無法返鄉的當時，去法國何嘗不是另一種變相的溯源尋根。於是在一九七九年她遠赴巴黎第七大學攻讀第二個文學博士。除了聆聽茱莉亞．克莉斯蒂娃（Julia Kristeva）的課程之外，原本期待能親炙羅蘭．巴特風采，可惜緣慳一面，哲人逝世。在那段時間裡，尹玲不但精進法語教學的專業，獲得法語教學的證照，同時也著迷研究文學社會學相關理論，日後回臺發表了相關學術專著《文學社會學》、《法國文學理論與實踐》，都成為臺灣學界接觸法國文學研究的重要養分。

一九八五年學成回到臺灣的尹玲，仍舊於淡江大學中文系任教，也在法語系兼課，同時她逐漸開始了學術、創作、翻譯的忙碌生活。在學術上，尹玲從小就接受法式重視思辨的教育，又在法國完成博士學業，因此很習慣法國強調獨立思辨多元思考的教育方式，她也努力在課堂上堅持這種學風，希望啟發臺灣學子。在翻譯方面，她曾翻譯法國小說《薩伊在地鐵上》、《法蘭西遺囑》、《不情願的證人》及法國詩、越南短篇小說及越南詩多種，是國內重要的翻譯家之一。

每到寒暑假，尹玲總抓緊利用每個可以出國的機會，到世界各地旅行。曾經失去故鄉的痛楚，在臺北無法找到的身分認同，反而在漂流到更遙遠的地方之後，獲得了緩解。尤其是她的愛女，從小就陪伴尹玲奔走天涯，母女在異國廣場上漫步，是身為母親的詩人一生中最美也最難忘的片刻，尹玲有一本童詩《旋轉木馬》或可視為面向女兒的傾訴之作。

在天涯流浪與第二家鄉臺灣的往返折射之間，傷痛逐漸癒合成深刻地文字藝術品，集結成《當夜綻放如花》、《一隻白鴿飛過》、《旋轉木馬》、《髮或背叛之河》、《故事故事》，散文集《那一傘的圓》，等等許多精彩的詩作散文。曾經因戰爭傷痛而不得不流落異鄉的尹玲，正因為她的飄零，反而讓她積累了多種跨語言、跨文化的養分，於是學術、創作、翻譯開成朵朵奇花異卉，將風雨來時路綻放成學子們仰望的花路，自成臺灣詩壇學界的一道瑰麗風景。

在尹玲詩作創作主題中最顯著的主題可以分為戰爭批判與反思、身分認同與鄉愁、旅行見聞與翻譯三大方向，這也正是諸多人評論家著眼論述之處。

首先是「戰爭批判與反思」，原是法國殖民地的越南，從二戰之後就始終不平靜，共產黨扶持的北越與法國美國扶持的南越相互對峙，不時爆發衝突爭奪地盤。戰爭的陰影始終籠罩著尹玲成長的童年歲月。六〇年代與詩友們嘗試現代主義詩風的創作初期，對戰爭的反思已經是詩作中顯著的主題。

而一九六八年春節攻勢後，美國決定退出越戰，最終導致了南越政權覆滅。戰爭背後是大國博弈，政治人物的宣言與口號，都可以隨時背信丟棄，但真正犧牲的是小老百姓的身家性命，父母疼愛下度過的快樂童年至此告終。兒時玩伴、青年時代一起創作的詩人同學、師長朋友乃至於至親的父母，都在越南淪陷中喪生，對於戰爭的體會之深，恐非承平已久的吾輩能夠理解。北越瘋狂的進攻，戰場上血腥殘忍的暴力，深深將傷痕刻在尹玲心上，於是這段撕裂的戰爭經歷成為尹玲詩作無法迴避的核心主題。我們可以在〈講古〉、〈血仍未凝〉、〈北京一隻蝴蝶〉、〈血的顏色〉、〈讀看不見的明天——重構另類六〇年代〉、〈你的確過早耽溺〉詩中看到尹玲對殘暴的戰爭行為及戰爭背後大國政治算計的批判。

不幸的是，和平似乎不是人類追求的理想，戰爭陰影只是站的稍遠，但始終並未離去，

〈那一夜圍牆睡成歷史〉看到東西德的冷戰對立，〈斬首〉談敘利亞考古學家被「伊斯蘭國」成員殘忍殺害的憤怒，紀念俄烏戰爭的詩作〈樂曲永恆如初〉感嘆「戰歌是世間沒有完結絕無終止的永恆樂曲」。戰爭詩絕非尹玲的偏好，只是充滿貪欲的人類始終不願意放棄戰爭，才逼得詩人不得不高聲抗議，用詩作發出譴責。

在尹玲詩作主題中，比較微妙的是「身分認同與鄉愁」。由於家國淪亡、故鄉不再，因此筆下難免散發出濃烈鄉愁與對故土的深情。無法回到越南時，鄉愁是不忍碰觸的創傷，於是詩人封筆十年。等待事過境遷，重新踏上故鄉時，真正的鄉愁卻劇烈迸發。我們能在〈野草恣意長著〉、〈髮翻飛如風中的芒草〉、〈曾經夏季開到最盛〉看到詩人試圖在往日美好與冰冷現實中尋找某種聯繫，卻終究只能在記憶的碎片中徘徊。

來到嚮往的臺灣，即使過上和平富足的日子，但是身為局外人、異鄉人的感受也同樣如影隨形，思考自己身分與位置的身分認同主題也是尹玲必須直面的挑戰。〈橋〉一詩將這種格格不入的疏離感寫得很深刻。橋是物質上的連結，僑則是身在此國的彼國身分。雖然為此受苦良久的尹玲，用詩歌抒發此間的尷尬艱難。但從日後來看，尹玲介於中、越、法三種文化帶來的身分認同危機，卻因為沒有固定僵化的身分認同，反而獲得了更跳脫、更自由、更寬廣的視野，〈雨從未有停歇過〉、〈其實我們並不反對〉、〈點菜〉可以看到跳脫既定思維，展現了跨域恢弘視野。

較少被人討論，但本書中想凸顯尹玲與女兒的親子之情。在多數的尹玲生平傳記相關紀錄中，都可以看到尹玲透過一次次旅行與轉換，終於完成對自己的救贖，過程中總有女兒作伴一同天涯流浪，母女親情或許正是填補上缺口的重要一角，於是有〈握〉一詩，有《旋轉木馬》童詩集。或許對尹玲來說，家人所在，就是毫無疑問的家鄉。

第三個顯著的主題是「旅行見聞與翻譯」，尹玲在獲得臺大博士學位後，跌破眾人眼鏡前往法國留學，放棄大家稱羨的職業與學歷，尹玲重新挑戰自己。旁人無法理解的抉擇，其實有著自我療癒的重大意義，一方面越南故鄉經驗中，法語及法國文化原本就根植在原初生命的深處，構成生命的底色，法語及法國文化對尹玲的重要性或許並不比漢語與中國文化要少，因此重新熟悉法語，甚至精通法語，成為另一種方式的尋根。而在越南淪陷的創傷中，詩人也需要給自己一些挑戰，忙碌地足以忘記家國之痛。從事後來看，選擇留學法國的確給予尹玲重新面對往後餘生的力量。

尹玲是精力充沛勇往直前的人，在留法期間，她積極遊遍法國，法國新鮮又壯麗的風景山水，與精緻的人文氣息滋養了尹玲，於是有大量精彩的旅遊見聞的詩作被記錄下。從發表詩作的時間點來看，這些旅遊的刺激可能正是詩人重拾詩筆的觸發點。我們可以看到〈驚豔

——再訪柔燈堡〉、〈芙閣綠姿泉寫真〉、〈如此流逝巴黎〉、〈鏡中之花〉、〈你站在歐洲的水上〉、〈巴黎依舊巴黎〉等詩作都記錄了旅遊經驗給予尹玲的感動。

法國的美並不侷限在風景而已，更多的是人文藝術之美。身在人文薈萃的巴黎，在符號學、敘事學及結構主義都有開創性見解的羅蘭・巴特，自然是尹玲非常渴望見到的大師，雖然無法目睹哲人風采。但是羅蘭・巴特所留下的理論思考，深深刺激了尹玲。於是有構造〈巴黎鐵塔——試以結構主義解讀鐵塔〉、〈提問羅蘭・巴特〉、〈拒絕吸管〉、〈另外一種結構——致羅蘭・巴特〉，這些詩作除了激發了詩人的靈感，也同樣激發了評論家的興趣，讓這些詩作被多次詮釋。而作為一位在中國與法國文化之間遊走的詩人，尹玲自然充滿對文化邊界的思考，在詩作〈在永恆的翻譯國度裡〉中，她將翻譯視為一種生命經驗的隱喻，探索了語言、文化與自我認同之間的複雜關係。在上述這些詩中，翻譯不僅是語言的轉換，更是文化與身分的交融與碰撞。

尹玲是創立本社八位學者詩人之一，多年來為詩壇學界及本社做出眾多貢獻，值此詩人八十壽誕之際，本社規劃此選集，邀請詩人、評論家及有志於詩的青年學子，分別挑選尹玲的精彩詩作，提出各自的詮釋、分析、賞析。編者整理大家的選擇後發現，選詩方向自然而然聚焦在上述的「戰爭批判與反思、身分認同與鄉愁、旅行見聞與翻譯」三大主題。本集便依此將尹玲詩作與賞析文章分成如斯三輯。輯一命名為「上帝不曾目擊」，希望最苦痛的戰爭經驗與沉重的批判，能透過尹玲的詩句予人警惕。輯二命名為「橋上無岸」，讓尹玲「僑」的自我懷疑，落實成為越南、臺灣、法國與世界之間「橋」的身分認同，為我們連接了世界的風采。輯三命名為「詩的遁隱術」，現實世界中難以忍受的苦痛，尹玲之所以能夠承擔下來，正因有詩才能夠堅持，在烽火中隱遁，遠颺到愁思之外。詩能幫助我們隱遁世間苦難，或許不止尹玲，也是我們在這紛擾世間必修的功課，因此將本集亦命名為《詩的隱遁術：尹玲詩歌賞析》，與尹玲老師及所有詩人與讀者共勉之。

全書體例先安排尹玲詩作，後接詩人學者的賞析評論，方便讀者對照。若有不同學者賞析同一首詩，則順接在同篇賞析之後，標出賞析一、賞析二。在同一主題單元中，盡量依照詩作發表時間順序排序，希望讀者能察覺尹玲隨時間流逝下的詩風變化。本次選集感謝詩壇朋友學者專家貢獻大作，也感謝助理甘濟豪同學協助整理稿件分類與排序。

透過此詩選賞析集，希望讀者們能快速掌握尹玲創作關懷的整體風貌，並且隨著評論文字的引導，領略詩中堂奧，也為詩人飄零的旅程上所綻放的美麗成就作見證。

目次

輯一 上帝不曾目擊

輯二　橋上無岸

輯三　詩的隱遁術

輯一

上帝不曾目擊

【詩歌】痕跡

春季　被海神以一個翻身之姿掠走
而後禁錮　自那年　當烽火彌漫宇宙
以後過的
蹤有太陽熾威
都是冰凍的冰凍的串串歲月

再不是織夢的日子了
一些曾是燦爛的早沉海底
勝利附上韶光的雙翼
翱翔入不能目視的虛無

這不完整的破朽的煙囪還只是
一個不光鮮不豔麗的標幟
誇訴曾如何乘浪敗敵
幾許冤魂夜半浮現江面哀哀哭啼
舊帳應問誰清？
廿年了，戰艦，你怎還不腐去？

【詩歌】夕暮裡

夕暮裡有人在荒謐的教堂角落懺罪
諸神默然　上帝亦默然
蒼白的僵硬的無血的臉龐
沒有絲毫接納或拒絕懺語的表示

怎不向尼采祈求一些心靈的寧靜
當上帝已經被判死刑
那喪禮誰人曾往祭悼
以一腦思維　數滴清淚
泣肩起自己的命數
上帝遂被安葬
連同最後的保佑

所以以後上帝只會默默
擁滿棺凡人的禱語瞑目墓中

夕暮裡一切黯淡　一切黯淡
教堂內許多幽靈鬱鬱彳亍
懺罪者的懺語是夢囈　含糊不清
在墓中　上帝不曾目擊　不曾聆聽
只會默默　只會默默

《十二人詩輯》
越南西貢・存在詩社主編　一九六六年十二月二十一日出版

【賞析】陳政彥

上帝不曾目擊——試析〈痕跡〉、〈夕暮裡〉

現代漢詩在二戰前獲得短暫的發展時間，隨著戰火紛飛而無法延續。戰後臺灣在中美安保條例的保護之下，得以大力吸收西方現代主義，而能與英國殖民地香港彼此交流激盪出戰後現代漢詩的嶄新模樣。現代主義詩風由此向外輻射，也激盪了東南亞的華語詩人。在這樣的背景底下，六〇年代南越現代詩壇的十二位年輕詩人們，有意識地吸收臺灣現代詩的風貌與技巧，集結成《十二人詩輯》，展現了他們對現代主義漢詩的理解與想像，也是南越現代漢語詩壇劃時代的先聲。而這十二人中尹玲是唯一的女詩人，更顯出尹玲的獨特性。

一九四五年出生的尹玲，童年雖然大抵安穩，但戰爭的威脅始終不曾消散，從法軍的進攻，到南北越的分裂與對峙，即使走過博覽群書的愉悅童年，尹玲一直知道那些斷續耳聞的前線悲劇，並不是遙遠的故事，而是不忍直視的現實。而這也正是尹玲《十二人詩輯》中詩作的基調。

〈痕跡〉以神話色彩的形象開場，將季節與神祇嫁接，暗示戰爭打斷了生命的節奏。戰後的歲月，幸福已不再，於是「蹤有太陽熾威／都是冰凍的冰凍的串串歲月」以「太陽」的熾熱對比「冰凍」的歲月，構成悖論式的情緒衝突，映照著時間的僵冷與傷痕累累的存在。剩餘的日子不再是活潑的流動時間，而是凝固的、沉默的歷史碎片。

當法國、美國、俄國等列強暗中干預，國內政治領袖誇耀以光明正大的普世價值與道德理想，到底這些虛無的空話是否值得真切的人命犧牲？於是：「勝利附上韶光的雙翼／翱入不能目視的虛無」可知詩人的清醒與無奈。

詩的題目是痕跡，但到最後一段，才真正引導到詩的主要意象之上，也就是戰爭過後的戰場軍械殘骸。這些戰爭遺跡的物質象徵，或可被視為強國英雄敘事的紀念品，但在尹玲眼中只是醜陋的疤痕，是悲痛血淚的紀錄。於是遂有詩的結語：

> 幾許冤魂夜半浮現江面哀哀哭啼
> 舊帳應問誰清？
> 廿年了，戰艦，你怎還不腐去？

堅持不肯消失的，究竟是榮耀還是傷痛？

另一首詩〈夕暮裡〉則有存在主義式的叩問，人們懺罪禱告，祈求上帝的救贖，但是如果人們不相信上帝，不相信慈愛的救贖，只相信血與鐵，只信利益的算計，那麼上帝又能如何？祈禱與懺悔沒有回聲，因為「上帝亦默然」，宗教不再是慰藉，僅成為冷峻的空殼。

接著神聖失語的比喻進一步升高到哲學層次：「怎不向尼采祈求一些心靈的寧靜／當上帝已經被判死刑」。一如尼采的主張，只有人能為肩負起自己的命運，即使是孤單流淚也只能孤獨面對。尹玲的幽默詩句睿智地很悲傷，當上帝死去，人類連一次哀悼儀式都未曾給予，如此空洞的文明有怎敢奢言救贖。

於是詩的結尾，上帝無視了人類的懺悔與祈求，漠然看待戰爭的慘忍，忽視人們的哭喊與無助。信仰失效，祈禱也無能，在「上帝不曾目擊　不曾聆聽」裡沉默不是神，僅是人類試探自身存在的孤獨回聲。

出版《十二人詩輯》的一九六六年，美軍在越南駐紮，戰爭的威脅日漸升高，因此尹玲一方面摸索現代主義詩作風格，但所書寫的內容都不脫對戰爭的反思，對南越的擔憂。一九六八年的「春節攻勢」是尹玲親身經歷過最慘烈的戰爭實況，日後她有多首詩作回憶與反思。隨著一九六九年尹玲來到臺灣留學，在異鄉掙扎求學求生，到一九七五年南越徹底淪陷。讓尹玲哀痛欲絕，一夜白頭。而後到法國留學，一九八五年返臺任教，一直要到一九八七年才重拾詩筆，恢復創作。那些傷痛是如何能在不同文化流浪，不同國度間放逐中被治癒？我們今日已無從得知，但幸運的是，尹玲終於從海神手上奪回春季，浮出海面，迎接被太陽融化的溫暖日子，或許沉默的上帝，也默默地伸手拉了一把，讓失去故里的學者，重拾少女時拋棄的詩筆，寫下南越現代漢語詩的當代延續。

【詩歌】講古

〈之一〉

騰空一躍
孫悟空把昨宵的羔羊
在沖天的柱柱鞭炮中
化成漫天翻飛的灰

香河溢滿血香
汩汩灌溉順化古都
皇城的大內小內
比沙丁魚更擠的人

活活植入一夜之間掘好的塚
樹那樣撐著
等待白蟻或二十年後的好漢
S的下半身　開始陣痛
緯度十七以南
在高原　在平地
哀號雷鳴
震得雨落如塵
湄河兀自蜿蜒著千年的溫柔

夜方自海角緩緩躺下
天燈就一盞一盞升起
懸掛空中搖曳如星
我們呆坐屋內
瞪著自己的身影在如洗的白壁上

隨著蠟燭一寸一寸隱滅
咻咻飛過
子彈穿越心膛
屋外　槍炮同時歡呼
慶賀另一世界的誕生

〈之二〉

獵鹿人
前進高棉
金甲部隊
希爾頓
西貢
天時地利人和
這朵票房最美的香花

好萊塢總也不膩的接枝繁殖
一九六八　戊申　南越

寫於一九八八年七月一日
入選《七十七年詩選》
刊於一九八八年十月四號　聯合報聯合副刊

（本詩見於尹玲《當夜綻放如花》，頁二十四至二十六）

【賞析】方群

在殷鑑中凝視——淺析〈講古〉

〈講古〉是國語，也是閩南語（kóng-kóo），一般而言，它是指講述歷史故事或民間傳說，但也常寓含著言者有心，然聽者未必能達意的表達與溝通。所謂的「古」，通常是稱呼過往歷史，但歷史未必就得是漫長的千年百年，一個政權結束，一段年代消逝，轉瞬之間，「今」已成「古」，也能留給後人無限的緬懷感思。

尹玲出生於越南華人家庭，後負笈臺灣和法國，也經常到世界各地旅行，她深受中華、越南及法國的文化薰陶，也熟悉歐美的生活方式，至於國語、客語、粵語、閩南語、越南語、法語和英語，也都是她運用熟悉的語言。因此「講古」的命題，除了是作者的生命回顧，也有更多滄海桑田的慨嘆。

傳統女性詩人較少言及國家或戰爭的議題，然尹玲親身經歷戰亂，因此也有較多此類型詩作，完成於一九八八年七月一日的〈講古〉，便是其中頗具代表性的力作。

〈講古〉共分二節，「之一」是記述一九六八年一月三〇日越南民主共和國（北越）人民軍和越南南方民族解放陣線游擊隊（越共）聯手，針對越南共和國（南越）、美國及聯軍發動大規模的突襲，因第一次進攻時間為越南新年，故稱「春節攻勢」。其中在順化拉鋸達一個月，更導致成千上萬的平民傷亡。

詩作第一段僅四行，以「騰空一躍／孫悟空把昨宵的羔羊／在沖天的柱柱鞭炮中／化成漫天翻飛的灰」開頭，一九六八年恰為戊申年，生肖屬猴，春節剛好是羊猴交接，故「羔羊」和「孫悟空」也暗喻了年代所屬。此外孫悟空（齊天大聖）曾大鬧天宮，曾引發諸多爭鬥殺戮，也是對體制造反的人物。至於「鞭炮」一方面呼應時序（春節），另一方面也隱喻槍聲，而如羔羊的百姓則遭遇死亡威脅，同樣顯現因戰爭引起的滔天巨禍。

位於中越的順化是越南古都：

香河溢滿血香
汩汩灌溉順化古都
皇城的大內小內
比沙丁魚更擠的人
活活植入一夜之間掘好的塚

如此慘烈的屠殺景況，卻用「血香」反襯，顯現作者對屠殺的控訴。至於「樹那樣撐著／等待白蟻或二十年後的好漢」，則以白蟻蛀蝕木料的攸關，或是二十年後可以重新成人的方式對比。「S的下半身　開始陣痛」，則是指英文字母S彷若越南國土的形狀。至於「緯度十七以南」是指一九五四年七月《日內瓦會議最後宣言》，以北緯十七度分割北越（越南民主共和國）和南越（越南共和國），然日後衝突仍不斷，作者以高原及平地的「雷鳴」與「雨落」等自然現象，映現戰火綿亙的實際景況。

詩作第三段則回到作者的經歷回憶。「天燈」雖有報平安的寓意，但此處應為照明彈的轉化，而「懸掛空中搖曳如星」，同樣象徵生存的微渺與不穩定。最後「子彈穿越心膛／屋外　槍炮同時歡呼／慶賀另一世界的誕生」，既是個人的生死訣別，也是國家爭鬥存亡的最終宣告。

〈講古〉「之二」則只有八行，時間和背景直接跳到一九七〇至八〇年代的美國好萊塢，開頭列舉：《獵鹿人》（一九七八）、《前進高棉》（一九八六）、《金甲部隊》（一九八七）、《希爾頓》（一九八七）、《西貢》（一九八七）五部以越戰為題材的電影，除了票房銷售的利益，有些更獲得國際性的獎項肯定。「這朵票房最美的香花／好萊塢總也不膩的接枝繁殖」，這裡一方面直言其商業訴求的考量，另一方面也顯現縱然是國際強權，最終回歸本國利益的首要考量。自二戰結束，美國先後以武力介入韓國、越南、格瑞納達、巴拿馬、伊拉克、阿富汗，但在面臨難以收拾的局面，往往也就是一走了之。電影的省思檢討改變不了既成的事實，尹玲以詩作檢討控訴，這也值得所有身處類似處境的國家或民族，做為時刻反思警醒的血淚殷鑑。

【詩歌】血仍未凝

（一）

七千個日子依次捲起
你幽然而來
一襲青衣
裹不住那眉宇間的烽火
烽火流成河
淹沒
甚至未及開口的
　　許諾

（二）

你是被囚的鷹
煙硝之下　雙翼終將折去
夜的酣睡裡你獨守更漏
剖析每一滴聲音的可能變數
日日禁足方丈小樓
直至風起
劫走你天空中最愛的一葉婉約

天河之外　我恆以夢寫生
赤足走過幾許冰雕的路
咀嚼每一步離情的溫度
為何你不　你不伸手牽我
我能向哪一方歸去

能在哪一瓣心窗
傾注我髮白的思念
沛然如雨

（三）

年月若魘啊　愛原是血的代名詞
照明彈眩盲我們的雙睛
天燈那樣夜夜君臨空中
攝去我們急索空氣的呼吸
半秒鐘的遲疑
瓦礫之上
死亡躺在高速炮的射程內
一翻身就攫去你我的凝眸

一眼便成千古

（四）

捲起七千晝夜啼就的斑簾
扣撫寸寸環節　傷口猶未結疤
一次見面是一次死生的輪迴
幾時我們是雨
泌入彼此
泌入你血中的淚
　我淚中的血

後記：六〇年代，越戰方酣、多少年輕男子，不是充當炮灰、戰死沙場，就是被迫戒去陽光、不見天日、禁足小樓，夜以繼日躲避鷹犬們的搜捕。女子可以隨時新寡，猶不知情郎已在某個不知名的叢林或沼澤、死在某個不知名的人手上或某顆炮彈下；否則便須揮別所愛，化為流浪域外的婉約的雲，咀嚼整一世的鄉愁。在那個照明彈夜夜以天燈姿態君臨空中的年月裡，愛情只是血的代名詞。

好萊塢每年都拍有越戰影片，大多囊括奧斯卡或金球的幾項大獎；為何我們以自身真實的悲歡與血淚寫就的歷史，卻只贏得千古恨的劫灰？

刊於一九九〇年三月「創世紀」詩雜誌七十八期
寫於一九九〇年二月三日
收錄於尹玲《當夜綻放如花》，自印，頁二十七至三十

【賞析】郭至卿

血未凝，記憶未乾——戰爭與人類情感的永恆困境

詩題〈血仍未凝〉即表達這首詩寫時間與傷痛的關聯，越戰發生於一九五五至一九七五年間。詩人尹玲一九九〇年寫這首〈血仍未凝〉，戰後十五年，戰爭帶來的創傷尚未癒合，心裡血液仍流，身心悲劇延續中。戰爭對個人與社會的長久影響，特別是對於存活下來的人，戰爭不只是歷史，愛情和親情與死亡相伴，回憶與現實交錯，在漫長的哀悼與不確定感中，情感在殘酷的歷史洪流中無處安放，那段記憶的力道更是持續滲透生命的悲傷。

結構・意象・層次

詩分四節，各自呈現不同的情感層次，從回憶、守望、戰爭的威脅，到最後的傷痛未癒，層層遞進。

第一節：「七千個日子依次捲起」，詩人尹玲於一九九〇年寫下這首詩，也就是戰後十五年回憶越戰的七千個日子。詩一開始就打開時間傷痛的長河。「青衣」的形象帶著典雅

與憂鬱，而「眉宇間的烽火」透露平凡的愛情（情感）無法逃離戰爭。「烽火流成河／淹沒／甚至未及開口的／許諾」將戰火與時間、命運聯繫，預示一場難以挽回的悲劇。

第二節：用「囚鷹」的意象，描寫戰爭下人們被困禁的命運，他們無法飛翔、無法愛、命運無法由自己決定，只能等待。「日日禁足方丈小樓」，顯示戰爭如何將生活壓縮到極致，愛情只能在夢與記憶中存活。「直至風起／劫走你天空中最愛的一葉婉約」，這裡的「風」可解讀為戰爭或戰爭帶來的死亡，也可能是流亡、離散，意味著與所愛之人無法相守。

第三節：進一步深化戰爭的殘酷。詩人運用凝練的短句，增強情感的爆發力，如「年月若魘啊　愛原是血的代名詞」直接震撼人心。同時，詩行之間的留白與跳躍，營造出片段化、碎裂的敘事感，使讀者更能感受到戰爭帶來的撕裂與不確定性。以「愛原是血的代名詞」來揭示愛情在戰爭中不再是純粹的幸福，而是痛苦、流血、犧牲。「照明彈夜夜君臨空中」，光本是正面的、象徵希望，此時卻「君臨空中」，是權威、高高在上的勢力，在這裡象徵死亡與控制，反映出戰爭如何顛覆一切。「攝去我們急索空氣的呼吸」戰爭剝奪人們的生存權，生命變得脆弱。所以「死亡躺在高速炮的射程內／一翻身就攫去你我的凝眸／一眼便成千古」，這是一種極具視覺衝擊的表達，將生與死的界線壓縮到一瞬間。

第四節：回到創傷與時間，戰爭的痛苦並未因時間消逝而淡化。「捲起七千晝夜啼就的斑簾」，以「啼」字表現長久的哭泣與悲傷，而「傷口猶未結疤」則再次回應詩題〈血仍未凝〉。「一次見面是一次死生的輪迴」，每一次見面都是可能的最後一次，死亡與分離如影隨形。「幾時我們是雨」，這一句將愛情（親情）與生命轉化為自然意象，雨水融合，象徵著即使分離，仍以某種方式相互滲透，然而這種融合也帶著悲涼與無奈，同時帶有消逝與流逝的意味。「泌入彼此／泌入你血中的淚／我淚中的血」此時融合的加入彼此的血、淚中，更有某種形式的互擁、互相憐惜之意。

戰爭與個人的對比

詩人以個人的視角，寫下戰爭對愛情（感情）與生活的摧毀，這不只是個人經歷，而是整個世代的命運。詩人在後記中感嘆：「好萊塢每年都拍有越戰影片」，「為何我們以自身真實的悲歡與血淚寫就的歷史，卻只贏得千古恨的劫灰？」這表現了一種對歷史的失語與無奈。

這首詩中，戰爭不只是歷史敘事，而是活生生的現實。那些在電影裡成為好萊塢故事的戰爭，在這首詩中卻是血淚交織的個體命運。詩人沒有寫宏大的戰爭場面，而是透過個人的情感、等待與失去，折射出戰爭的殘酷，這使得詩的情感更具穿透力，也更具普世性。

總結

〈血仍未凝〉是一首深刻的戰爭詩，透過凝練的意象、碎片化的敘事方式，呈現一段被戰爭撕裂的命運，並藉此反映歷史的悲劇性。詩人不只是記錄自身的哀痛，更發出對歷史失語的控訴。詩句之間充滿著戰爭的血淚，情感與死亡交纏，形成強烈的衝擊力。

整首詩沒有直接書寫槍林彈雨，卻處處滲透著戰爭的氣息。這首詩震撼人心的力量來自戰爭之下個人無法抗拒的命運，以及詩人對於記憶與傷痛的執著。這種執著，使得詩的最後一句「我淚中的血」如同戰爭留下的印記，無法抹去。這是一首關於等待、失去、創傷未癒的詩，也是一首屬於整個時代的詩。

【詩歌】北京一隻蝴蝶

北京一隻蝴蝶
薄翼如紗
捎起紐約一陣莫名的暴風雨
五角大廈某個偶然手勢
燒紅整片南越的青色天空
一場火燃去十年呼吸
數百萬人用自己玫瑰一樣的血
澆灌自己墓塚前淒黃的野草
塚堆無碑

有人火裡逃生
灼傷的殘疾等待治療

轉身去赴水神之約
把餓透的纖纖身軀餵飽大海
大海蒼茫
或在水天之間
神祇全失去蹤影的那段時空
巧遇一種名叫海盜的獸
錢財果真身外物
身內身上
是骨髓滲出的斑斑血絲
幾十頭獸輪番踐過
傾一海的水也無法洗清
那痛　沁入心肺
伸延至以後的每一釐歲月
要忘啊　想忘啊

神智從此交付天地

而我們見證過它的美好的那城市
僅是換一個姓
飢餓便來啃去它曾經的笑靨
恐懼吞噬它特別柔麗的眼眉
裸露的原始取代褪盡的衣裳
他們說：我們男人可以搶啊
一片麵包　半碗摻沙的米飯
或勞改場上急急爬逃的毒蠍
（火烤之後是人間少有的極品）
我們的女人！她們可以去站街頭
一屋老小乾癟的肚皮
滿月孩子需要一罐奶粉
（幸虧十年前美軍敗陣

倉皇離去未及帶走）
真的，她們還是可以去站街頭
試一試自己和全家的運氣

誰說火勢已被完全控制
說那事已終了多時
真談舉杯啊　慶祝？
二十年是一條罹患風溼的皮鞭
一發作便狠狠抽打亟欲逃亡的記憶
管它雨或不雨
東方或西方
南或北
愛或遺忘

北京一隻蝴蝶
華府一個手勢
悲愴是僅有的獨一符碼

——寫在越戰終戰二十年紀念日

（本詩見於尹玲《一隻白鴿飛過》，頁四十五至四十九）

【賞析】張日郡

風溼的皮鞭——讀尹玲〈北京一隻蝴蝶〉

你會如何譬喻「時間」？

一去不返的河流？無聲擴張的年輪？抑或是細沙緩緩掉落的沙漏？不，這些譬喻都稍嫌平凡了。對於詩人尹玲來說，時間是「一條罹患風溼的皮鞭」，總在特定的歷史時刻反覆發作，既抽打著記憶，也從不放過身體。

〈北京一隻蝴蝶〉一詩，寫的就是這樣疼痛的時間。

本詩寫於越戰終戰二十年紀念日（一九九五年四月三十日），詩人以批判政治、戰爭的角度出發，卻深刻關懷那些受戰火捲入、傷痕累累的越南人民。更深沉的意涵或許在於，詩人認為這場戰爭絕非「終戰」，那麼又何以「紀念」？終戰，僅是名義上戰爭的終止，絕非意味著苦難的終止，讓外人誤以為一切都已過去，事實上卻是那些真實經歷的人那條風溼而難以擺脫的「皮鞭」。

這自是本詩最為動人的觀點，也凸顯了本詩的時間結構，一是客觀的政治時間，二是集體的歷史時間，三是詩人主體所承載的記憶與創傷之時間，三者如同三股麻繩盤根錯節、彼此糾纏，不可分割。但沒有三，就沒有一、二，更精準來說，若沒有詩人所形構的這條「皮鞭」，我們真的要相信戰爭真的已然過去，「真該舉杯啊　慶祝？」

誠如瘂弦所述：「尹玲的戰爭詩之所以動人，乃是來自於切身的慘痛經驗。」〈北京一隻蝴蝶〉正來自於尹玲非虛構經驗。尹玲一九四五年出生於越南，到一九六九年離開越南，詩人的童年與成長歲月，始終伴隨著母土的戰火、血色、哀鳴，詩人也嘗試著「要忘啊　想忘啊／神智從此交付天地」，那並非是一種釋然，反而是一種絕望的祈求，畢竟詩人早已說那些苦痛「傾一海的水也無法洗清」，「海」寓意苦難之深，浩瀚難清；「海」乃鹽水，鹽水洗傷，傷上加傷。

詩人善於對比，火／水、神／獸、輕／重，這些對照都在詩中反覆出現，呈現了詩或戰爭經驗的張力、複雜與矛盾。火，可「燃去十年呼吸」，殘酷的燒紅越南的天空；而水，看似治癒與洗滌，卻又是另一種痛苦的場域。這樣的越南，正是「神祇全失去蹤影的那段時空」，人間沒有神，僅有獸與獸與獸，肉身荒涼的屠宰場。

最後，才是輕／重之別。詩題與開頭都是〈北京一隻蝴蝶〉，「蝴蝶」在本詩極具象徵意義，看似柔弱卻具備破壞力，看似無意卻能引起巨大風暴。詩人當然轉化了「蝴蝶效應」

的意涵，然而此詩的結構同樣也是「蝴蝶效應」，一開始以蝴蝶啟詩，隨即轉入越戰歷史的重音，並揭示災難的「無聲無息」，一振翅、一手勢、一遠方、一瞬間，戰爭就在千里之外的越南被開啟、千百萬人的身上被開啟、創傷的時間也被開啟。

「北京一隻蝴蝶／華府一個手勢／悲愴是僅有的獨一符碼」一段，又從歷史的重音轉回輕盈，巧妙的回扣詩題與開頭，我們才能更深刻的理解，原來「越南」，不，原來「生命」，不，原來「千百萬男女老幼的生命」，不過是跨國的權力與意識形態的遊戲。逝者如斯，無碑無聲。

所幸，我們還有尹玲此詩。

三十年後再讀，其詩意的審判又何曾過時？

風溼的皮鞭？該鞭打的，真該是蒙受苦難、創傷的基層人民嗎？

【詩歌】血的顏色

（一）

凱旋門在望
我們以朝聖之心前進
孩子　我們正在世界上最美的城市之一
朝著它的心臟
最著名的建築　之一
前進

轟轟　整條菲力蘭大道幌動起來

啊　孩子　不要不要

不要倒下
我們只是巴黎三日的遊客
我只要你看凱旋門哪
不必留下一隻眼睛或一條腿
我不要你的耳膜和腦袋
裝住永恆的巨響
記憶裡不要再有
流而不住的血

（二）

週日的市場倒下四個婦女
血灘著
流成細小的渠溝
慷慨浸溉
幾粒黃澄　五條節瓜
一箱番茄　數十棵青菜

以及其他

週日　孩子在家引頸盼著
媽媽（四名家庭主婦）
把節日的菜加到醫院
一隻眼睛　兩隻手腳
等待包紮
至於孩子受驚傷裂的心
醫生說　真抱歉啊
直至目前
我們尚無能力包紮

（三）

還有還有更遠的塞拉耶佛
還有某殖民地

還有一道海峽
還有

（四）

人間的恨盪漾在空氣中
大地不再乾渴
人們正灌溉它以新鮮的
美血
豔如玫瑰

——寫於巴黎一九九五年九月
入選《八十四年詩選》

（本詩見於尹玲《一隻白鴿飛過》，頁三十四至三十八）

【賞析】余小光

鮮豔的仇恨——讀尹玲的〈血的顏色〉

詩人們對於戰爭的關注度，從古至今沒有一天停止過：溯源上至《詩》經的〈邶風‧北風〉、漢樂府〈戰城南〉、唐詩中杜甫的三吏三別（石豪吏、新安吏、潼關吏、新婚別、無家別、垂老別）……下至余光中〈如果遠方有戰爭〉、陳黎〈戰爭交響曲〉，詩人總是以文字記錄自己對戰爭的省思。

尹玲〈血的顏色〉也是如此。只是在現代社會中，戰爭的型態已經改變了，恐怖行動就像一場小型的軍事攻擊。一九九五年七月二十五日，法國發生了恐怖襲擊，造成八人死亡，一百九十人受傷。八月十七日，在巴黎凱旋門附近的垃圾箱中，炸彈被引爆，造成十六人受傷。接著八月二十六日、九月三日、十月六日、十月十七日分別發生了槍擊和爆炸事件……。詩人尹玲九月前往法國，正是在這樣的氛圍之下。

首先詩題〈血的顏色〉點出傷害已經造成了，如同詩句：「人們正灌溉它以新鮮的／美血／豔如玫瑰」恐怖行動持續發生，陸陸續續有民眾傷亡，導致血的顏色始終維持著鮮豔的色度，如一朵新綻放的紅色玫瑰。那到底是什麼原因造成了人間煉獄？詩人以為是「仇恨」——「人間的恨盪漾在空氣中／大地不再乾渴」這樣的「仇恨」並不是一蹴可幾的，得從一八三〇年法國入侵阿爾及爾開始……。「還有還有更遠的塞拉耶佛／還有某殖民地／還有一道海峽／還有」詩人覺得這樣累世的「仇恨」得追溯至過去的殖民歷史，至於解方為何？得看「仇恨」是否能夠化解。

詩人試圖將讀者引入災難現場，「轟轟　整排菲力蘭大道幌動起來」、「我們只是巴黎三日的遊客」彷彿讀者與作者皆是案場的旁觀者，以一種第三人的視角預做死亡凝視。在遊客眼前倒下的孩童，希望你安然度過這次的災禍，你不需要留下任何眼睛和腿，更不需要你的耳膜或腦袋；那些流瀉不停的血液都應該適可而止。

轉眼瞬間，恐怖攻擊轉移至熙熙攘攘的市場，散落一地的蔬菜與水果，正由一條鮮血匯集而成的血流浸溉著。家中嗷嗷待哺的孩子引頸期盼母親的回歸，卻始終等不到歸心似箭的母親。場景轉至醫院，由於傷者眾多，連包紮的人力也極為短缺，展現出醫院湧進大量傷患的慘況。

歷史的糾結除非強人政治再現，否則誰也無法號令彼此，仇恨的種子只是再一次被播種收成。然而，詩人「以人間的恨盪漾在空氣中／大地不再乾渴／人們正灌溉它以新鮮的／美血／豔如玫瑰」結尾，似乎預言恐怖攻擊是現在進行式，並且將不斷地延續下去。

〈血的顏色〉一詩有強烈的帶入感，讀者似乎亦步亦趨追隨著作者的視角，而作者的角色宛如戰地記者實況轉播，吸引讀者的眼球。在二〇〇一年九月二十一日，美國雙子星大樓遭受恐怖攻擊之後，世人才高度關注恐怖攻擊的事件。一九九五年七月的恐怖攻擊，儼然吸引了尹玲的注視，這是一個值得讓人省思的議題：或許是民族主義使然？或許是殖民地的歷史仇恨？又或許是假借恐怖主義的政治鬥爭？然而，這一切對於詩人而言，她已經用詩句記錄下來了。「人們正灌溉它以新鮮的／美血／豔如玫瑰」，短暫地停留迫使詩人思索報復性的意義——難道只能夠無止盡地輪迴嗎？最後詩人以新鮮的「美血」作結，有一種極致悲劇美學的意味，彷彿諭示著天上人間的悲劇正持續上演著。

二〇二五年四月二十五日於臺中・烏日

【詩歌】一隻白鴿飛過

永遠　是
一些不相干的人
在千里之外（比如巴黎）
高尚的某座宮裡（比如愛麗捨）
決定你的命運
　　你未來的生或死
簽下一紙他們稱之為
和約
的勞什子

你當然仍在你的土地上
冰雪覆蓋著
心僵凍

家中僅剩的孩子
昨天在一場不關他的事
某雙方衝突中
吃下一枚
剛好送到的
子彈
塞拉耶佛依然飄雪
含著一嘴冰血柱
那只白鴿
它
只不過恰巧
飛
過

寫於一九九六年四月二十二日
可參《一隻白鴿飛過》，頁二十九至三十一

【賞析】朱天

寓宏於微，飛鳥多姿：

試析尹玲〈一隻白鴿飛過〉中的「白鴿」意象

如何仰望一首舉重若輕、寓宏於微的詩，當〈一隻白鴿飛過〉[1]（如前引）？

簡言之，若先就意象營造的層面切入，作為題目焦點之「白鴿」，誠然是此詩無法迴避的關鍵內核。因此，儘管已有眾多詩人、學者替「白鴿」追溯其來歷、豐厚其意涵——例如白靈便認為，尹玲筆下的這隻鴿子，便是脫胎自戰火的和約[2]；然則，也有其他評論將其身分，串聯到幾乎從未徹底實現過的和平[3]；此外，不論是將其解讀為自由之象徵[4]，或是無奈

1 尹玲：〈一隻白鴿飛過〉，《一隻白鴿飛過》（臺北：九歌出版社，一九九七年五月），頁二十九至三十一。另，以下出自此詩集的相關引文，皆僅標示題名與頁數，以使閱讀清爽。

2 〈棲在詩上的蝴蝶——序尹玲詩集《一隻白鴿飛過》〉，頁十九至二十。

3 夏婉雲：〈城堡與白鴿——尹玲詩中的逃逸與抵抗〉，《臺灣詩學學刊》第二十七期，二〇一六年五月，頁二十一。另，之所以夏氏會將白鴿解釋為和平，實有受到尹玲其他散文作品的影響；詳見尹玲：〈我們暫且迷信〉，《那一傘的圓》（臺北：釀出版，二〇一五年一月），頁一〇一致一〇二。

4 陳文成：〈尹玲詩中的自我書寫——以《一隻白鴿飛過》為討論對象〉，《臺灣詩學學刊》第二十七期，二

又無辜的犧牲品、受害者[5]，亦為十分精闢的解析——但就筆者來說，以此白鴿為圓心輻射出的，那「不失歧義而又具備高度象徵之意涵」[6]的言外之意，仍有持續延伸的必要。

首先，白鴿，即等同於大自然的化身：鴿子所具備的自然屬性，本就無庸置疑；但重點是，若我們留意到寄身詩題的「白鴿」，乃是透過掌權者簽訂和約、無辜者家破人亡之逼真呈顯，方才緩緩登場的事實，則此種以地土之上的悲慘人世，與「那隻白鴿」橫曳高空之「恰巧」行徑的充分對比，無形中彷彿暗示了：不論人類再慘，自然界也從不介入。

其次，白鴿，也可寓指消逝的和平：以鴿子代表和平，幾乎可算是普世共識。只不過，作者在此處所強調的畫面，僅僅在於「飛」且「過」之剎那；尤其，當我們將第三段的頭、尾內容並列同觀時，很難不受戰地「依然飄雪」的影響，而對振翅遠走的白鴿產生悲觀的聯想——和平遠去，人間，徒留冰霜。

再者，白鴿，還能象徵「高」、「冷」的命運：就此詩構築的文本內涵而論，或許有人會認為那飛掠天際的鴿子，其翅膀之軌跡、目光之範疇，僅僅關涉於詩人筆下，外有「冰雪

〇一六年五月，頁五十一。

5 同前註，頁五十五至五十六。

6 陳文成：〈尹玲詩中的自我書寫——以《一隻白鴿飛過》為討論對象〉，《臺灣詩學學刊》第二十七期，二〇一六年五月，頁五十六。

覆蓋」、內則「心」靈「僵凍」的某個遠方之「你」；不過，若我們警醒於鳥喙「含著一嘴冰血柱」的特異景象，和此集之中其他作品所清晰流露的，被戰火燒灼的無奈傷痕、無辜心事——像是：

為何我們只能是一個名叫戰爭的
醜陋東西的後代
遍體烙印飢餓腐朽死亡

（〈困〉，頁六十三）

烽煙是我們隨身攜帶的稜鏡
在別人不知愁的少女時代
我們青春的笑眸閉在鏡中
被薰成一條完整的淚河

（〈讀看不見的明天・（子）〉，頁七十四至七十五）

——當可推知：被「決定」其「命運」和「未來」的「你」，絕不限於「塞拉耶佛」的難民，至少還應該包括同樣擁有類似生命遭遇的尹玲；至於可解作自然世界、和平盼望的「白鴿」，則亦有相當大的可能性，指向高高在上而籠罩大千萬有、太上忘情而冷瞰人生苦樂之終極命運。

進而論之，根據前述對「白鴿」意涵的第三種討論，我們實可在「尹玲一生的波折應屬於前述的河流型，雖然她的內心明明是火山型的[7]」判語之外，疊加詮釋：除了能用「河流」和「火山」來描繪尹玲作為「詩人」的傾向[8]，〈一隻白鴿飛過〉所蘊藉的那如天空般，既環繞萬物卻又與其拉開距離的特殊樣貌，或可稱作尹玲筆下「蒼穹型」之處世姿態的最佳證明。

最後，詩人心中那鴿影的純白飛翔，是否還有其他舞姿等待著被顯影，就只能留給其他善於仰望的眼來解答！

7　〈棲在詩上的蝴蝶——序尹玲詩集《一隻白鴿飛過》〉，頁十。

8　同前註，頁九至十。

【詩歌】讀看不見的明天——重構另類六〇年代

（子）

烽煙是我們隨身攜帶的稜鏡
在別人不知愁的少女時代
我們青春的笑眸閉在鏡中
被薰成一條完整的淚河

沙場是我們的疆土
一種生命美學的宿命
每一刻都能接飲噴湧如漿的
甘美熱血

（廿）

我們讀水滸　讀紅樓
讀三〇年代今生不能見面的作家
讀金庸射鵰後再度笑傲江湖
讀臺灣詩人晦澀或不晦澀
　　雕琢或無痕的詩
讀眾家炮彈炸開以後的種種訊息
讀看不見的明天
咀嚼十八歲的憂鬱
懷擁八十歲的悲愁
想著世界的確已至末日
而我們還未見到藍天

（寅）

市街中心一團火焰熊熊綻放
完成某一和尚的舍利子
起始我們或許流淚
不知一副黑炭學人打坐
與生命能有何種必然關係
末了仍啜著濃澀的咖啡
在無能入眠的白夜裡
傾聽慶離使盡力氣的歌聲
雨落滴答　蒼涼地
詮釋鄭功山的戰野愛恨情愁
冉冉上升像剛點燃的照明彈
又徐徐下降如才出竅的幽魂
交織在飛若星雨的槍炮交響曲目中

（卯）

我們哀傷地看甘迺迪在電視上倒下
聆聽越戰隨著美軍歡欣的從八方升起
我們習慣幾天一場政變
卻懶得記住新領導人的名姓
美國是我們的主　法國是我們的神
巴黎的學潮揭啟南越的嘉年華會
我們終於能夠和巴黎學生一樣
興高采烈示威遊行
扛著我們獨有的戰地鐘聲

（辰）

飲畸情的可口可樂
嚼雜味的青白箭口香糖

跟不知名的美兵
學一口爛英語
買人們從PX偷來　攤滿
露天市場地上的
一臺美國手提收音機
　偷偷摘取被禁聽的域外空氣
一卷美國柯達
　追捕迅速逸逝的眼眸　嫩稚而滄桑
一塊美國香皂
　洗去一身彈孔　漂成「美」白身軀
一瓶美國洗髮精
　寄望烏黑髮色變金　眼珠化藍
還有罐頭　還有衛生紙
　進去的和出來的都染有異國色彩
偶爾也買到一絲美式呼吸

做一場美式性愛
來一次美式婚姻
只要一紙證書
帶我遠離戰地

（巳）

我們隨貓王又搖又滾
將披頭四掛在耳上嘴邊
迷戀亞蘭德倫的俊酷
痴想丹妮芙冰霜冷豔
愛蕭芳芳的雅要陳寶珠的帥
不許林黛的現代勝過樂蒂的古典
解碼費里尼的八又二分之一
辯證叔本華的悲劇哲學
質疑尼采的上帝是否真的已死

一再探討沙特和卡繆
到底誰才是存在真主
能給我們一個不必早死的存在

（午）

我們操著粵語　越語　法語
　　美語　英語　國語
和不知哪一國哪一地的語
誰的聲音大　誰
就是我們的主子
我們是宿命的終生異鄉人
額上紋著無歸屬的黑章
在邊緣地帶無終止地飄蕩

（末）

我們掏著羞澀的口袋
　辨起乾澀的詩刊
　　嚥吞苦澀的日夜
　　　寫下青澀的悲歌
寫我們無根的鄉愁
寫其實渺茫虛幻的明天
寫不知該供向哪一方宇宙
　　　哪一尊神祇
　　炮火烘焙的新鮮夢囈
寫灰燼中流淚的碑石哭駝了背
寫青絲如綴佇立黑夜
　讓帶腥的風吹成白芒
寫手執彩筆未及塗繪

即已痙攣的年輕屍身
如何恨著那片空白
　強綁在手上喉間

（申）

我們飆車
想著能飆上月球多好
像阿波羅十一號
跟嫦娥姑娘約會
我們飆舞
若能一飆到天明
可以不必睡覺
不必擁抱永不深入的夢中
槍炮固執的纏綿

（酉）

烈士那樣以赴死心情
悲壯地牽著情人的手
在不知何處正布著不知多少枚
定時炸彈的城市中　探索
沒有未來甚至沒有下半秒鐘的戀愛
眼睜睜看著秋季更迭
幻變出一座座有形或
　　　　無形的新墳

（戌）

當越戰升至與天齊的高度
在臺北佯裝昇平的空氣中
呼吸著遙遠越戰隱約的硝煙

我們靜靜悼念
血花紛飛下
單薄如夢脆弱如醒
稍縱即逝的玫瑰年華

（亥）

想我六〇年代
有一種明確的不確定性
執著地
貫徹
流
過

寫於一九九六年九月～十二月二十一日

可參《一隻白鴿飛過》，頁七十四至八十六

【賞析】謝予騰

少女出道的時代

——〈讀看不見的明天——重構另類六〇年代〉讀後餘韻

乍聽鄭功山（Trinh Công Son）的音樂，對於我這個昭和末期出生的人來說，第一個想到的是宮崎駿《紅豬》（紅い豚）裡，為 Gina 配音的加藤登紀子在酒館裡唱歌的氛圍（雖然越南明明是受法國影響比較深），而畫面上則完美的貼合了由王家衛導演，張國榮、張曼玉和劉嘉玲主演的《阿飛正傳》裡的時代感。

但先把時間拉到詩成的一九九六下半年，我想像詩人心中正盤算著，要怎麼將自己前半生的故事，寫成一首詩呢？正好張愛玲在三十年前，新修改《十八春》一書重成了《半生緣》，又在前一年一個人安靜地死在洛杉磯的出租公寓裡——這樣掐指算算，加上當年的臺海危機、和隔年就要「回歸」的香港，對於〈讀看不見的明天——重構另類六〇年代〉一詩創作前後詩人內心的可能狀態，我已有了一定的想像。

此刻，或又是一個烽火將起的年代。

一九六〇年，那個正在西貢中法中學求學的少女，應該沒辦法想得這麼遠才是，雖說越戰的威脅充斥了少女的整個青春，但西貢，起碼在少女的回憶世界裡，是自由、美好而剛要「出道」的模樣，接下來的日子，她正要開始忙於迷戀這個全新、混語、重男輕女又眼花撩亂的世界，包括新興的音樂、古今往來的文學、永遠跟不上時代的電影院，或者一輛足以加速心跳的機車，都將構成了少女對這個世界包括「神」在內的，所有美好想像的總合——用今天的說法，大概就是一顆巨大的粉紅色泡泡，正被吹起的過程。

雖然少女也明白，在她正揮撒大好青春，那些美好的憧憬和刺激的冒險背後，世界擁有的是殘酷、血腥且幾無理性可言的本質。

或許這樣類比不太嚴謹，但鯨向海的《每天都在膨脹》一書中收錄的「少女」系列裡，〈核爆少女〉的那一句「少女不賣火柴，也不親吻青蛙」，某種程度上或許正說明了一九九六整個下半年，詩人內心那一個重構的「少女」的形象。

說穿了，詩人在重構的，並不是真正的六〇年代的國際情勢、大小戰爭、南越或西貢，而是當年自己以「少女」之姿，所經歷的那一場回過頭來看，帶著濃郁悲劇卻又高清彩色版的青春。

也就是說，詩人在這篇作品裡真正想重構的，是那個深愛著，又深知再也無法復返的，

「少女」的自己。

但就如恐狼一樣，所有的重構其實都非真正的「再現」，而是一種雜揉了某些帶著後設視角——或我們說新世界基因——的一種「再創作」或創造，如同萬壽堂藥房陽臺上的星群、阮豸街的景色、美軍營站裡五花八門的商品，加上記憶中承載了父親生命與鄉愁，卻已然徹底失去的南方祖國。

一切彷彿藉著詩人的文字，重新被喚醒——在這個由地支為順序所組成的詩句系統裡，讀者只要看一遍，便又是輪迴一遍，在閱讀上形成了一個有機的生命體，轉動著詩人反覆念想著的、屬於東南亞視角下的，那個斑斕又滿是傷痕的一九六〇年代。

回到前段提及的《紅豬》裡，加藤登紀子所唱的片尾曲〈時には昔の話を〉，歌詞裡寫到這樣一段話：「見えない明日をむやみにさがして」，翻成中文大概是「不顧後果地尋找著看不見的明天」，某些層面來說，和本詩的詩題「讀看不見的明天」有著頗為貼近的情懷，對於家族、國家、性命乃至於一切的意義，都隨時可能灰飛煙滅的，那個慌亂的一九六〇年代，確實「有一種明確的不確定性。」

而或許正因為當時的「不確定性」是如此明確，才讓詩人當時勇於走了許多不同於世俗常人的道路。

這首組詩既是一種「禍兮福所倚，福兮禍所伏」的體悟，又同時是對書寫當下的一九九六年、世紀末的一種直面與回應——再以今日二十一世紀的二〇年代的立場讀來，彷彿看到一個漂泊半生的靈魂，以坦然而無畏的姿態，為我們展示、細數生命裡的傷疤與彈孔。

那是個沒有少女時代的一九六〇年代——很多年後，當南韓以全國之力，努力學習大英帝國當年文化輸出的方法時，曾經的那個少女，正在自己經歷、懷想與重構的一九六〇年代裡，以最燦爛的表情，對她自己的世界正式出道。

【詩歌】那一夜圍牆睡成歷史

（一）

張著噩夢後的半信半疑
許多歡呼從淚眼中醒來
好久好久了
我們的呼吸被
牆
活活地劈成
兩　片

（二）

在東西的碰撞中
我們的淚澆厚每一寸水泥
血花織成一張
　　風格慘烈的
華美掛毯　曠世哪
竟然綿延了廿八年
憑空就懸起我們亟索的空氣
而那道鐵絲網
原是蘇美兩家
　　握手言笑
區區的一片籬笆
卻刺黑我們所有
所有明天的瞳孔

儘管開啊　同志
你們的槍或子彈
開向天空或開向我們胸膛
火花　終會開出一帖催眠劑
讓圍牆睡成歷史

（三）

歡呼從淚眼中醒來
我們原是兄弟
請牽我手
將掛毯自眼前取走
貼我的心
齊齊跨入無界的天空
讓四十歲的東西
不再是東西

永遠不會翻身
那一夜　圍牆睡成歷史

後記：七月中旬，在柏林逗留四天，到布蘭登堡門邊徘徊了兩天，沿著已鏟的圍牆痕跡，細數二十八年來的斑斑血淚，殘剩的破牆在夕陽斜照中兀自垂頭；圍牆碎塊和昔日東德軍官、士兵的軍服、軍帽、軍旗及各種徽章勳章，全成為東德攤販的奇貨和遊客搶購的歷史，構成一幅特異景象。東德關卡空無一人，東西德人民自由來去，且選定今年十月三日——中國中秋節慶團圓。看看已睡的圍牆，想起嘈嚷的海峽，不禁無言！

收錄於尹玲《當夜綻放如花》，自印，頁五十四至五十七。

【賞析】陳鴻逸

談尹玲〈那一夜圍牆睡成歷史〉的歷史敘事與詩意再構

究竟歷史是什麼？我們該如何審視及紀寫一場事件的發生？詩人的書寫又為歷史留下了什麼樣的跡痕？當「歷史」不僅是編年史般的客觀記錄，而是一種經由語言與修辭重新建構的過程時，詩便成為最具穿透力的形式之一。尹玲的詩作〈那一夜圍牆睡成歷史〉[1]正是在這樣的詮釋框架下，揭露了歷史事件的複雜性與人類情感。依海登・懷特（Hayden White）的歷史敘事概念來看，使得詩得以重現歷史事件，重構官方敘事的單一性，展現出個體對於大敘事的反思。

懷特認為，歷史並非單純的事實堆疊，而是詩學性的結構安排，即透過選擇的語言與情節編排，將事件置於某種特定的意義結構中。在此脈絡下，尹玲筆下的「圍牆」不只是一九八九年柏林圍牆的具體象徵，提出了冷戰時期東西方的意識形態分裂與個體的集體創

1 尹玲，《當夜綻放如花》（一九九四），頁五十四至五十七。

傷，也象徵著後記所述紛擾海峽的另一種「無言」抒洩。詩中的句子如「張著噩夢後的半信半疑／許多歡呼從淚眼中醒來」，正展現了懷特所言的「諷刺」（irony）情節模式，在歷史轉折的關鍵時刻，歡呼與淚水並置，暗示著歷史變革從來不是絕對光明的敘事終點，而常常伴隨著質疑與不確定，如此的敘說情節，恰與懷特所歸納的四種情節結構之一——諷刺模式——相應，揭示詩人（或小人物）對歷史事件的懷疑態度，亦即圍牆倒下，也未必意味著壓迫的徹底終結：

儘管開啊　同志
你們的槍或子彈
開向天空或開向我們胸膛
火花　終會開出一帖催眠劑
讓圍牆睡成歷史

不也是向著戰爭開出的火花暗嘲諷著這終究是歷史的一頁與牆邊的過往。

進一步來看，「我們的呼吸被／牆／活活地劈成／兩片」，將身體的自然活動（呼吸）

與政治性的象徵（圍牆）進行聯結，展現出壓迫如何滲透至日常生活的每一個細節，政治並不是一種外物與我們隔絕無關，相反地，它滲透著我們的每一個人、每一個動作、每一個思考的瞬間、每一天的生活細節，這使得呼吸不僅是語言的轉喻，也是情感與經驗上的裂解，而後續的「血花織成一張／風格慘烈的／華美掛毯」則以隱喻展開歷史的藝術再現，使殘酷與美感相互交纏，歷史文本開展的不見得是美麗的一頁，也可能是戰爭血淚下的不堪；或可說，詩人這樣的語言操作不僅止於形式，也與歷史事件的情境緊密連結，詩人不以冷靜疏離的方式重述事件，而是讓個體的情感參與進入歷史敘事的建構。因此「那一夜」不僅是歷史的具體時間點，更成為詩人回望歷史的敘事開端，敘事產生了意義便在於開始回望、開始書寫與開始說的一刻。在此意義下，「那一夜」既是終點也是起點，是歷史「睡成」的瞬間，也是記憶「甦醒」的當下。

此外，句末「讓四十歲的東西／不再是東西」一句語義曖昧，卻極具批判性，「東西」可視為對東德與西德的雙關，亦可理解為將人的存在物化的冷戰語言，更是對於歷史事件的嘲諷，「不再是東西」是一種顛覆翻轉，讓過去所象徵的疆界不再具有穩定意義。或如懷特認為，歷史總是有意義地被建構出來的，而非如傳統史家所主張的反映事實的中性文本。尹玲的詩作正是這樣一個建構場域，其以詩的語言挑戰了歷史的單一面貌與單一真實，呈現出多重視角與情感複數，實在地揭露了歷史事件中被壓抑、遺忘或無法言說的部分，不僅是對著過去而有效，也因著過去的事件朝向現在而有影響力。

當我們將詩作視為一種歷史實踐，不僅僅是審美的創作，更是思想的參與時，恰如尹玲在詩中並未直接描寫政治人物、政策或冷戰歷史，而是透過身體的撕裂感與夜的情境，帶出歷史記憶中的情感斷層，以及對於現實（時）的一種感慨。因此再讀〈那一夜圍牆睡成歷史〉時，將得以發現這首詩蘊含著歷史敘事意識與修辭創意的詩作，詩中對歷史事件的再述並非為了提供一種標準化的解釋，而是以詩性的語言開展一種新的歷史感知模式，使詩成為歷史書寫之外的另一種「歷史」——帶有感性、倫理與修辭力量的歷史，向著詩人向著讀者也向著彼此而開展了對話的可能性。

【詩歌】昨日之河

我們曾在昨日的河中
奮力游向彼此
那時所有的花兒都不敢綻放
或全在煙硝裡黑死了容顏
你說游啊還是要游
即使天暗　星星不願露臉
好讓上得岸時
插一支未被溺死的旗幟

漩渦下你也許未辨方向
待二十年長長的光簾捲起
各自的岸邊立有各異的樹影

瀰漫煙霧散去
而我們親手栽種的玫瑰半朵
卻已沉默地掩沒
在如夢遠逝的昨日之河

可參《一隻白鴿飛過》，頁一七〇至一七一

【賞析】葉莎

未被溺死的旗幟——讀尹玲〈昨日之河〉

〈昨日之河〉是時間之河，記憶之河也是命運之河；是煙硝之河；漩渦之河也是傷痛之河。

這首詩雖然只有兩段，但在一條河流的貫穿之中，讀者跟著詩人一起回溯了過去也一起回到現實。生活在臺灣不曾經歷戰爭的我們，得以從尹玲的詩中摹想時間的流逝和事物的變遷，以及戰爭在記憶中留下的沉默傷痕。

這首詩首先描述了在動盪與黑暗中的掙扎，尹玲從「昨日的河」切入，暗示過去的情境並不平靜，而是一場需要「奮力游向彼此」的搏鬥。「所有的花兒都不敢綻放／或全在煙硝裡黑死了容顏」，花所象徵的美好與希望，即使在適當的季節也懼怕綻放，即使綻放了怕也要被戰火摧毀，這句話營造出壓抑與悲涼的氛圍。接下來為詩加入人聲，「你說游啊還是要游」詩句中有堅持與不屈服的意志。「即使天暗　星星不願露臉」，擬人法的運用，天與星象徵環境的冷漠與殘酷，使掙扎更顯孤立無援。「插一支未被溺死的旗幟」，暗示希望本就岌岌可危，倖存與毀滅卻只有一線之隔，而旗幟象徵的意義如此強大。

第二段則回到現實，在時間的推移中「漩渦下你也許未辨方向」，這句話將過去的掙扎延續，漩渦二字顯示是在時間與命運的洪流中一次更深的迷失；「待二十年長長的光簾捲起」，「二十年」是一個漫長的時間跨度，光簾的捲起象徵真相的揭露，亦意味著歷經時間之後帶來的變化。「各自的岸邊立有各異的樹影」，對比第一段的共同奮鬥，這裡的「各自」突出了分離的結局，而「樹影」則象徵成長與變遷，每個人已經在不同的世界扎根，無法回到昨日的狀態。「瀰漫煙霧散去」，暗示過去的迷茫終於消退，但結局並非重逢，而是沉默的遺憾。「而我們親手栽種的玫瑰半朵／卻已沉默地掩沒／在如夢遠逝的昨日之河」，玫瑰原是愛與美好的象徵，半朵卻凸顯了殘缺與不完美，最終沉默地掩沒，更凸顯了美好終究敵不過時間，如夢一般易般消逝，為整首詩留下深遠的惆悵和喟嘆。

昨日之河代表過去，而河流的流動象徵時間不可逆轉，詩中的人物曾努力向彼此靠近，但最終仍被時間沖散，各自在不同的岸邊，展現了一種無可挽回的命運感。以河流為核心意象，煙硝、煙霧，帶有戰爭與混亂的聯想；而花和玫瑰又象徵希望與美好，既構築一種動盪不安的背景，也將所有意象巧妙結合成為這首詩的象徵物，描繪出一幅關於時間、命運與遺憾的畫面。由過去的奮鬥與當下的對照構成，筆法上則運用短句營造緊湊感，再以時間推移拉開距離，最後以沉沒的玫瑰收尾，留下無聲的惆悵。這首詩不只是單純的回憶，而是在時間的長河中，映照出人事的變遷與無可挽回的現實。〈昨日之河〉昨日二字已有一去不復返的遺憾，而河流從哪裡來？承載了什麼？流向哪裡？我們站在命運的河岸，又懷抱著怎樣的心情？是我們在讀這一首詩時，可以不停自問與他問的重點。

詩人尹玲對於家國情感的凹陷處既不過分挖掘，只是淡淡說著，正如詩中那「未被溺死的旗幟」無論處在何種田地，旗幟永遠都在，希望也永遠都在，尹伶在詩句中展現的堅強，正是我們要學習的。

廿世紀最負盛名的虛無主義者——齊奧朗，在〈論悲傷〉的篇章裡這樣寫：「如果說憂鬱是一種漫無邊際的遐想狀態，永遠不會導致強烈的深化和集中，那麼悲傷則相反，表現為嚴肅的自我反省和痛苦的內在化。」，又說「悲傷是進入神祕的一種方式，那種神祕如此豐富，以至於悲傷始終都那麼讓人難以捉摸。」對於歷經戰爭之後，內心那種傷感無極限，取之不竭的狀態，尹伶卻掌握的恰到好處，沒有憂鬱，傷悲雖現卻也不氾濫，即使撫摸著記憶的河流，傷感一片一片飄落，沾滿衣襟，文字依舊淡定從容。

【詩歌】斬首

一

他　被綁架
他　被囚禁　被折磨　超過一個月
他　始終不透露
任何文物寶藏之神祕下落
關於沙漠珍珠 Palmyre 的
Palmyre，他的至愛

二

他　被押到一博物館前廣場上
在群眾圍觀下

三

他的頭　他的頭
正被一把小刀　慢慢　慢慢
切　割

他的無首屍體　渾身淌血
被纏住他手腕的紅麻繩
吊掛在古城一柱紅綠燈上

四

他　八十三歲的頭
滾在他懸著雙腳下的地上
他臉上　還戴著他的眼鏡

五

曝　屍　數　日

六

他身首分離的遺體前豎著一塊牌子：
「崇拜邪神的叛教徒！」
他殘破屍體的照片
公布流傳社交媒體網路上

七

是他　發掘並重建 Palmyre 古城遺址之父
是他　畢生全心愛護 Palmyre 重要文物瑰寶
是他　以被凌遲的性命盡力保全
是他　將完整的自己奉獻給家鄉國家歷史藝術

八

後世將永遠銘記於心　世世代代
首屆一指的考古學家罕見的傑出淵博學者
Khaled al-Asaad，全球唯一的 Palmyre 先生

九

永恆　直至永恆的　永恆

【賞析】葉衽榤

斷裂頸項，文明微光——讀尹玲〈斬首〉

尹玲的〈斬首〉發表於二〇二一年十月十日的《自由副刊》，描繪的對象為於二〇一五年八月十八日殉難的敘利亞考古學家哈立德・阿薩德（Khaled al-Asaad）。尹玲運用簡潔語言和白描手法，冷峻沉痛的刻畫阿薩德遭受迫害的過程。整首詩以九個短小段落，如同哈立德生命史九個凝固的文明發光片刻，將一位學者的尊嚴、信仰與犧牲，以及施暴者的殘忍、無知、暴戾，深深烙印於讀者眼眸。〈斬首〉紀念了一位為守護文化遺產而獻出生命的英雄，同時擲地有聲的控訴暴力組織對人類文明的踐踏。

從詩的結構來看，九個段落有清晰的時間線和敘事邏輯。第一節以「他　被綁架」開篇，直接將讀者帶入一個充滿壓迫和危險的氛圍。連續的短句，如「他　被囚禁　被折磨超過一個月」，營造一種停滯感和反覆遭受折磨的痛楚。面對這份痛苦，尹玲並未渲染酷刑細節，而是聚焦「他　始終不透露」的堅定意志。這份堅定的意志是為了不透露「任何文物寶藏之神祕下落」，更是為了「沙漠珍珠 Palmyre，他的至愛」。這份愛，便是哈立德對於守護文明，並能抗拒死亡威脅的珍貴力量。

第二節場景為「他　被押到一博物館前廣場上」，此地極具諷刺，博物館本為保存展示文明成就的殿堂，如今卻成為野蠻殘殺的舞臺。在「群眾圍觀下」、「他的頸　他的頭／正被一把小刀　慢慢　慢慢／切　割」，尹玲運用重複的「慢慢　慢慢」來描寫行刑的緩慢與殘忍，是肉體摧殘，更是精神凌辱。第三節聚焦於死亡：「他的無首屍體　渾身淌血／被纏住他手腕的紅麻繩／吊掛在古城一柱紅綠燈上」明示暴力的血腥和殘酷。紅綠燈為現代文明符號，與古老的城柱形成強烈的對比，暗示著文明在現代野蠻前的無力。第四節更令人心痛：「他　八十三歲的頭／滾在他懸著雙腳下的地上／他臉上　還戴著他的眼鏡」。眼鏡標示哈立德的理性與智慧，與死後的慘狀有巨大反差，彷彿，他還在注視著這個內心熱愛的文明（血腥）世界。

第五節為震撼人心的場景，寥寥的四個字：「曝　屍　數　日」，讓時間痛苦的凝固起來，令人讀來有無限又難以言說的憤慨，和對哈立德的深深不捨。

第六節揭示伊斯蘭國加諸的罪名：「『崇拜邪神的叛教徒！』」不僅是對死者的汙衊，更是對文明的粗暴定義和對異見的殘酷打壓。「他殘破屍體的照片／公布流傳社交媒體網路上」，更顯施暴組織的惡劣，使得這場悲劇被無限放大。第七節以一連串強勁的排比，頌揚哈立德的貢獻：

　是他　發掘並重建 Palmyre 古城遺址之父
　是他　畢生全心愛護 Palmyre 重要文物瑰寶
　是他　以被凌遲的性命盡力保全
　是他　將完整的自己奉獻給家鄉國家歷史藝術

四個「是他」宣告著哈立德以生命詮釋了對文化遺產的熱愛與不悔。第八節將時間望向未來：

　後世將永遠銘記於心　世世代代
　首屈一指的考古學家罕見的傑出淵博學者
　Khaled al-Asaad，全球唯一的 Palmyre 先生

哈立德將在歷史的長河中永垂不朽，成為文明的代名詞。「全球唯一的 Palmyre 先生」的稱號更敘述著哈立德對這座古城的獨特貢獻和深厚情感，以及他的地位無可替代。第九節以極

其凝練的「永恆　直至永恆的　永恆」作為全詩的結尾。三個「永恆」的疊加是對哈立德的最高致敬，超越了個體的死亡，指向了時間的無限延展。三個「永恆」更與第五節的「曝屍　數　日」有著令人讀來難以排解的衝突感和對比。

尹玲的〈斬首〉語言簡潔有力，像是一隻史筆揭露了在殘忍的現代世界裡微微發光的那份光明；由於沒有過多的裝飾語言，而是直接切入事件核心，因此避免了過多的情感渲染，反而能引發讀者內心的震撼、悲痛和憤慨。〈斬首〉以哈立德遭受殘忍的斬首殉難為書寫對象，冷靜表達對哈立德的悼念；在斷裂的頸項之間，〈斬首〉捕捉了文明的可貴力量，並在時空記憶裡永恆發光。

【詩歌】樂曲永恆如初——寫於烏俄戰爭百日

戰歌是世間沒有完結絕無終止的永恆樂曲

即使與人與物即使孤寡無靠即使寂虛自禁
陰晴不定或風或雨戰時非戰時
白茫雪地冰天皎潔明月若鏡豔陽普照當空
她總是在那兒
恣意揮灑魔音頂極起伏高低
就是無時無刻
奏燃狂曲跌宕錯落難辨實虛
往你心坎腦海思維哲理反轉翻騰
直至你澎湃勝浪的生命樂章
戛然斷絕最後一絲音符

聲律卓然自協的她仍舊響徹雲霄
繼續永恆如初的頓挫抑揚
永無尾聲

本詩發表於《自由時報·副刊》二〇二二年六月十五日

戰事是貪婪霸凌弱者的悲歌——讀尹玲〈樂曲永恆如初〉

【賞析】靈歌

尹玲老師這首長句的十四行短詩，以特殊筆法，每一行詩句都抑揚頓挫，又旋律迴盪，如同將戰爭寫成激昂瑰麗的戰歌，像詩題《樂曲永恆如初》，譜出戰爭的血淚與離亂，殘酷與悲慘。

寫這首詩時，烏俄戰爭百日，而今已超過千日，烏克蘭的殘敗與血淚，傷亡數目之多，流亡之眾，早就悲慘逾百倍，而何時能結束，猶在未定之天。川普羞辱澤倫斯基，又是全面停止援助，又是停戰三十天，讓許多原本支持川普的全球民眾傻眼。如果，尹玲老師近日再寫烏俄戰爭，將又是何等悲愴的詩句？

首句的「戰歌是世間沒有完結絕無終止的永恆樂曲」彷彿先知，在今日印證。所有戰事的節奏，血淚譜出的詞曲，都是「她」（戰神）的傑作：「她總是在那兒／恣意揮灑魔音頂極起伏高低」，所有戰爭的辯證，都脫離人生哲學的探究，一切皆因貪婪、霸權、欺壓與恐懼的綜合體。武力強大的，總是先行掀起戰爭，不顧敵我雙方的軍士與百姓之苦難，所以：

就是無時無刻
奏燃狂曲跌宕錯落難辨實虛
往你心坎腦海思維哲理反轉翻騰
直至你澎湃勝浪的生命樂章
戛然斷絕最後一絲音符

詩人，總是悲憫蒼生，總是譴責軍閥，但文字的力量，在政客與軍閥眼中，又何等卑微：

聲律卓然自協的她仍舊響徹雲霄
繼續永恆如初的頓挫抑揚
永無尾聲

此詩悲壯感人，留給我們，無奈無力，只能感嘆。

【詩歌】你的確過早耽溺

你的確過早耽溺於
各種奇特的痴迷
例如：

青春年華時總愛倚欄凝視那一朵朵
永不厭膩光芒璀璨的照明彈夜空

讓高大魁梧的美軍總尋不著的
匿隱茂密林中玩躲迷藏的敵蹤

敵我簽訂停火協議
期待能有福氣享受戊申新年春節鞭炮

卻迎來了大年初一半夜全面總攻擊
緯度十七以南的
整個南越天翻地覆
墜入淪陷深淵無日無月無光無底
從此卡在糾纏終生永恆苦楚哀痛

戊申一九六八年的三六五天
整整三〇〇個日子奉獻給
（當然以及無限的以後）
無時無刻不在的
戰火焚燃瞬間

這抹著名的二十世紀絕美硝煙
自然依舊高姿綿延
在二十一世紀二〇二四年的夢似十月裡

不遺餘力飄蕩迷離
在無法分辨敵我的
宇宙完美完整時空

【賞析】陳鴻逸

人・道・嗎？關於〈你的確過早耽溺〉的戰爭哀思

〈你的確過早耽溺〉[1]以隱喻卻又深刻的文字，盼能喚起人們對越南戰爭的記憶及反思。詩人運用層疊的意象、細膩的情感表達，結合人道主義視角，以及歷史記憶觀點，揭示戰爭的殘酷及其造成的深遠影響。

首先，詩的開頭便營造出一種特殊的反諷效果，表達了戰爭如何扭曲了青年一代的精神世界與價值觀。在冷戰氛圍中，青年成長過程的美感竟來自戰爭的暴力意象，如「青春年華時總愛倚欄凝視那一朵朵／永不厭膩光芒璀璨的照明彈夜空」，此番意象展現了特殊且矛盾的美學體驗，原本代表暴力殺戮的照明彈，竟成為青年時代集體記憶中的一種奇異而扭曲的經驗，年華的綻放恰似照明彈閃爍過的天空，將青春刻成了傷與烙，印出了刺著身心肉體最富燦的圖像。從人道主義視角看，戰爭對人類精神世界的侵蝕，遠遠超越了戰場的肉體傷

[1] 尹玲，〈你的確過早耽溺〉，《自由時報》（副刊），二〇二五年一月八日。

害，穿透到了精神、審美與價值觀。從歷史創傷的角度分析，記憶的扭曲與變形，正是冷戰時代成長的青年所共同承受的心理創傷，它延續於世代之間，形成深層且難以拔除的精神烙印。

隨後，詩中描寫敵我之間曖昧而難以辨識的狀態，「讓高大魁梧的美軍總尋不著的／匿隱茂密林中玩躲迷藏的敵蹤」，巧妙呈現了越南戰爭期間特有的游擊戰術，反映出冷戰結構下「敵我」界線的模糊與荒謬。確實，當從二戰後的美蘇對抗來看，美國與蘇聯間的權力對峙與冷戰結構，無不是一場場透過代理人、代理區域的戰爭來的嗎?!透過越戰代理戰爭形式，使越南成為強權博弈的犧牲品，這種戰爭模式不僅摧毀士兵的身心，也對平民百姓造成難以挽回的災難與苦痛，苦痛的經驗縫夾在歷史記憶的每一層裡，這種無法分辨敵我的狀態，造成了戰爭參與者與受害者共同的精神創傷，成為難以抹去的集體陰影。

詩中書寫著了一九六八年戊申年春節的那場攻勢：

敵我簽訂停火協議
期待能有福氣享受戊申新年春節鞭炮
卻迎來了大年初一半夜全面總攻擊

這段詩句控訴戰爭雙方對人性尊嚴與和平承諾的背叛，人道是否還存在?!春節攻勢不僅是一場軍事事件，更成為越南歷史上集體創傷的重要起點，此事件導致了南越社會對戰爭前景的徹底失望與恐懼，從而使越南陷入詩中所述的「緯度十七以南的／整個南越天翻地覆／墜入淪陷深淵無日無月無光無底／從此卡在糾纏終生永恆苦楚哀痛」的狀態，十七度緯線象徵冷戰時代暴力與分裂的歷史傷口，這道傷口不僅存在於國家土地上，也永久性地烙印於人們的集體意識中，成為難以彌合的歷史創傷，直至今日仍深刻影響越南社會。

詩篇進一步透過對一九六八年時間維度的刻畫：

戊申一九六八年的三六五天
整整三〇〇個日子奉獻給
無時無刻不在的戰火焚燃瞬間

凸顯戰爭對人們日常生活的徹底侵占，詩人更進一步強調這樣的狀態不僅限於當時，而是延伸至未來，並透過「當然以及無限的以後」這一句，指出戰爭帶來的心理創傷無法被時間輕易治療，而是永久性的存在，而發動戰爭的罪魁禍首卻沒有人記得、也沒有人有餘力記得。

最後，詩人以穿透時空的象徵性敘述：

這抹著名的二十世紀絕美硝煙
自然依舊高姿綿延
在二十一世紀二〇二四年的夢似十月裡
不遺餘力飄蕩迷離
在無法分辨敵我的
宇宙完美完整時空

做為結尾，彰顯了戰爭創傷記憶的跨時代延續性，即使戰爭已經結束多年，戰爭記憶所形成的創傷，仍深入人們意識的深處，更悲苦的是，時至今日的人們，不管是否曾經遭遇過這場戰爭的人們，是否還記得歷史曾經告訴我們的事，戰爭曾經帶來的苦難呢?!

總的來說，詩人的〈你的確過早耽溺〉通過對歷史事件的細膩再現與深刻隱喻的運用，建構了一個反思空間，提醒人們持續反省戰爭暴力，並強調面對歷史記憶與創傷的重要性，唯有真誠地面對歷史傷痕，向戰爭說不，或許才能真正邁向和平與救贖。

輯二

橋上無岸

【詩歌】野草恣意長著

你說
回鄉是一條千迴萬轉的愁腸
中間又打著許多結
糾纏　茌解　荒謬　費猜
那邊偏左　這邊偏右
讓你一步懸在半空
足足掛了二十一年
時空在此織出一種極致的錯亂
昔日的是冷眼覷著今日的非
今日的對撇嘴嘲弄昨天的錯
另一套符碼顛覆滿城的街名
夥同建築物　結結巴巴的

指涉一定程度的意識形態
鄉音仍流傳這裡或那裡
卻已尋不著名叫文字的另一半
鬱鬱凋成一株
失去泥土的斷根殘梅
被木薯啃了十八年的親友　一個個
游離在你難抑的淚光裡
削成一絲絲曝曬過久
又焦又黑的蘿蔔乾

少小離家老大回啊
如何將這兩座陌生的塚墓
等同那年兩隻隱忍含淚揮動的手
是誰把母親的明眸細語
換做碑上三行淒啞的字

還有父親的剛毅熱情
怎能只剩六尺石塊的冷
一生心血僅存半輪落日
盼等二十一年的眼睛
唯有清淚可洗
而死生仍兩茫茫啊
仍兩茫茫

炙熱的三月末
野草恣意長著　像你
心頭恣意長著的痛

義祠向晚

出自《一隻白鴿飛過》，頁四十一至四十四，九歌出版社。

【賞析】寧靜海
感時花濺淚，恨別鳥驚心——閱讀詩人尹玲〈野草恣意長著〉

前言

詩人尹玲〈野草恣意長著〉以「回鄉」為主題，深入探討了時間流逝、身分認同和文化變遷等複雜情感。初讀這首詩，就立刻激起我心海陣陣波瀾，但是在談詩之前，有必要先說明使我「鼓浪」的原由。

戰火紋身

一九四五年在越南出生，被「戰火紋身」過的詩人尹玲，親歷過越南內戰（一九六一至一九七五年）國家分裂紛亂時代，於一九六九年來臺灣，一九九四年始能返回越南。

一九三二年我的父親出生江西，因一九四七年國共內戰，他以十五歲的年紀代兄從軍，孤身成為徵兵名義下的一員。一九四九年隨國民軍遷至金門，登島當晚迎來「古寧頭戰役」

的震撼彈，戰火暫歇繼續移防臺灣，父親一直等到花甲之年卸除軍職，甫得返鄉探親機會以一償宿願。

我的父親、詩人尹玲在各自的國家走過各自的顛沛與流離，他們皆因遭逢國家的內戰洗禮，導致家鄉與自己有了永遠的千山和萬水，無時不刻的思念是「回鄉」的動力，即使知道要面對的必然是景物不依舊，人事亦全非。

有了前述「共情」的背景，接著來談談此詩如何在平實的文字中毫不隱藏表現出濃厚的情感。

回鄉偶書

〈野草恣意長著〉共分四節，每節行數前後差異甚大。首節多達二十一行，第二節驟降至十二行，第三節再減少只有三行，末節更以一行四個字為回鄉之旅作結，整體的編排就像離鄉多年的遊子從初見故土時的千頭萬緒，隨著重遊的過程逐漸趨緩情緒被動的衝擊，那些逝去的是該放下，要當下立斷的就戛然而止吧。

重返久別故鄉既期待又害怕，近鄉情怯是必然的，心情的複雜程度由「千迴萬轉的愁腸」、「打著許多結」亦可見一斑。「你說／回鄉是一條千迴萬轉的愁腸／中間又打著許多結」，遊子歸鄉卻改以旁觀者敘述，來緩和心情。「讓你一步懸在半空／足足掛了二十一年」，歷經二十一年的等候，克服種種阻礙，才能邁出懸而難決的「回鄉」這一步。在時代動盪的洪流裡，故鄉終究是變化了模樣。「鄉音仍流傳這裡或那裡／卻已尋不著名叫文字的另一半」、「被木薯啃了十八年的親友　一個個／游離在你難抑的淚光裡」，已遍尋不著記憶中的景象，如今的一草一木盡顯無奈、哀愁，親友們的離散和環境的變遷，所謂觸景傷情皆化作眼中打轉的淚水。

回到久別幾十年的故鄉，熟悉與陌生同步交錯。「少小離家老大回啊」，詩中借用唐朝詩人賀知章晚年辭官回鄉，有感而發寫下的〈回鄉偶書〉，再順勢點出回鄉之行的最大心願。「如何將這兩座陌生的塚墓／等同那年兩隻隱忍含淚揮動的手」，二十一年以來最大的支撐是對牽掛滯留故鄉雙親的念想，豈料父親與母親早已化作陌生的塚墓。「母親的明眸細語」、「父親的剛毅熱情」，對比現在「碑上三行淒啞的字」、「六尺石塊的冷」，一明一暗刻劃親人離世後的空虛與失落，「盼等二十一年的眼睛／唯有清淚可洗」，在追憶與哀悼中，除了心碎更多的是心疼。

將自然景象與內心感受相聯繫，歸來時因人事物三方面皆與離鄉時有極大的落差，促使內心痛楚加劇、蔓延。「炙熱的三月末／野草恣意長著　像你／心頭恣意長著的痛」，比二十一載未見的故土還陌生的是歸鄉遊子自身，環境的重大變遷衝擊感官的是「痛」，尤其見到雙親塚墓時，情緒瞬間飆升至頂點。末節反差前面三節的採極簡的四個字「義祠向晚」收束，顯示時間仍在不斷向前推移，而野草也恣意生長著，所以「痛」也是。最後以夕陽西下的意境，象徵對過往的追憶和暗示生命的終點。

意難平

再回首，彷彿一場大夢，初醒不見故人。透過具體事物的描寫，傳遞了對故鄉、親人的深切思念，以及對歲月流逝的無奈。這首詩情感深沉但不停滯，語言質樸卻充滿力量，成功傳達對故鄉的情感糾葛，引發讀者思考自我身分與文化變遷的共鳴，自然感同身受，彰顯面對時代變遷時的情感變化和智慧。

【詩歌】髮翻飛如風中的芒草

雖已經年而仍未洗淨的那
廣場　映入眼眸之後
髮就翻飛如風中的芒草
　　　　不論春秋

十二月　囂聲處處
彷彿哀傷已過
紅花綠草恣意升滿　期待
想像的
鐘聲　能在
平安夜
自人間響起

髮卻不作如是想　夜夜登臨
二十世紀末的危樓
曳著五千年的心事
拍遍世上欄杆
極目西北　仍望不見
　漾在一片月裡的搗衣聲
　可憐無數兒女心
長安　竟只是辨認艱難的
薄霧半縷

再無人想追問
那只燕子後來的飛處
畢竟　堂前或巷口
　夕陽斜或不斜
只與天知道

恨只恨　千百年後
那髮
猶兀自翻飛
直若風中　十二月的芒草

刊於一九九一年一月《創世紀》詩雜誌八十二期
入選《八十年詩選》
寫於一九九〇年十二月十八日

【賞析】余欣娟

髮的悲憤——談尹玲〈髮翻飛如風中的芒草〉

尹玲學貫中西，在越南成長階段受過中文、越南以及法語教育，而後畢業於西貢文科大學，又取得臺灣大學中國文學國家博士以及法國巴黎第七大學文學博士，也任教過淡江大學中文系。這樣的生命經歷，不僅具備多元的文化滋養，同時也承受了在各個歷史脈絡下，因戰爭、遷移，而烙下難以抹滅的傷痛與遺憾。尹玲曾以本名何金蘭寫下〈宿命網罟？解構顛覆？——試析尹玲書寫〉，自剖長期處在文化認同、身分認同的矛盾，她說：「什麼身分？何種身分？總是無法說得很清楚。至於文化呢？老是移過來移過去、挪上去挪下來，最後是：好像每一種都認同，又好像每一種都不認同」。[1]她的詩作中，就常以嘲諷、控訴戰爭相關的景象與夢魇，而意象也時時隱含漂泊意識。

這首〈髮翻飛如風中的芒草〉，寫在一九九〇年十二月末，初刊在《創世紀》，後收

---

1 何金蘭：〈宿命網罟？解構顛覆？——試析尹玲書寫〉，《臺灣詩學》（學刊第十號，二〇〇七年十一月），頁二八〇至二八一。

錄於《八十年詩選》以及《新詩三百首》。《新詩三百首》的賞析，就提到尹玲經歷過南越戰火，運用了李白「長安一片月，萬戶擣衣聲」，以及劉禹錫「烏衣巷口夕陽斜」，借古鑑今，掀起歷史的惆悵，期待平安夜響徹平安鐘聲。[2]李瑞騰也曾說這首詩，「想來這髮之翻飛絕不只是個人之恨，而是整個時代的，整個中國的」。[3]整首詩使用典故入詩，形成互文，也使得同情共感擴大了時間與地域。尹玲也曾寫過〈一隻白鴿飛過〉，描寫塞拉耶佛——波士尼亞與赫塞哥維納的首都，因數年內戰而造成傷亡無數：

永遠是
一些不相干的人
在千里之外（比如巴黎）
高尚的某座宮裡（比如愛麗舍）
決定你的命運
　你未來的生或死

2 蕭蕭、張默編：《新詩三百首》（臺北：九歌，一九九五年），頁五八五至五八六。
3 〈棲在詩上的蝴蝶——序尹玲詩集《一隻白鴿飛過》〉，頁十。

這樣的事件與場景，也讓她想起越南，同樣有著相似的身世處境。[4]

〈髮翻飛如風中的芒草〉的首句，以尹玲心中仍持續延燒的戰爭烽火，作為起興，此景始終未曾洗淨。「洗淨」一詞，指的是記憶難以抹滅，也可意味著戰爭下的血、死亡、恐懼、悲憤等，彷彿也同在廣場上難以去除。接著，詩作從記憶的虛象，轉向實際的身體感，「髮就翻飛如風中的芒草／不論春秋」，承接上句，「未曾洗淨」對比著「不論春秋」，又不斷強化時間的持續與同等的煎熬。有句成語說，「首如飛蓬」，形容頭髮像飛散的蓬草，以喻無心整理妝容。蓬草與芒草都是荒地的野生雜草，由此可以想見，髮翻飛如風中的芒草，作為詩題及主要意象，不僅說的是，無心打理外在，更表達了心緒仍然糾結與悲憤。縱然平安夜，鐘聲響起，各處歡樂，彷彿哀傷已過，但「髮卻不作如是想　夜夜登臨／二十世紀末的危樓」，正因為經歷過，處在時局不安的現在，由今日時空，望向時間縱軸，那些相似的心事與結局，那些表面平靜的一片皎潔月光下，陣陣擣衣聲，都蘊含了千戶萬戶人家思念征夫的心聲，何日良人歸來，罷遠征呢？

而人事已非，世道滄桑，家是否還是家？

---

4 紫鵑：〈河流裡的繁花——專訪詩人尹玲〉，收錄於楊宗翰編：《血仍未凝：尹玲文學論集》（臺北：釀，二〇一六年），頁二四二。

再無人想追問
那隻燕子後來的飛處
畢竟　堂前或巷口
　　夕陽斜或不斜
只與天知道

詩中情感濃厚地，將視線放在那隻燕子，以否定語的方式，說道：再無人想追問燕子的飛處，以表示人們日久淡忘且無感。詩句緊接一轉：

恨只恨，千百年後
那髮
猶兀自翻飛
直若風中　十二月的芒草

承接上段他人的淡忘，而更顯悲憤力道跟張力，也首尾呼應。

【詩歌】曾經夏季開到最盛

巴黎近了巴黎遠了
夏至翩然塞納河上
直到初秋的微醺
醉紅兩岸蕭蕭梧桐
準時如候鳥
懷鄉
曾經　夏季開到最盛
我們便已看見閃爍其間
一朵冬雪覆蓋下的火花
正如在夜晚深處
我們仍能目擊
日的光耀及它一切的美好

我們不眠　只為窺探晨曦
掩映中存活的自己

而今如何卻以
一章《印度支那》一節《奠邊府》
兩封從昨日之墳拍發的電報
說我們已死說春天已隨
燕子　在你腋下的那口棺木
憂鬱地成為
永遠的過去

寫於一九九二年十一月
入選《八十一年詩選》

註：《印度支那》與《奠邊府》為一九九二年在巴黎上映的兩部法國影片，均與越南有關。

（本詩見於尹玲《一隻白鴿飛過》，頁一二三至一二五）

當懷鄉的心思如時序如候鳥

【賞析一】陳彥碩

當懷鄉的心思如時序、如候鳥，定期造訪內心，當我們仍堅信明天太陽仍會升起，但變遷無常也介入其中時，詩人又將如何呈現於詩行中？這次想來和大家分享詩人尹玲的作品〈曾經夏季開到最盛〉。

整首詩巧妙地以候鳥的視角開頭。「巴黎近了巴黎遠了」某個過境者出入於城市中，夏日既穿梭於塞納河上，又在入秋之際，欣賞到岸邊梧桐的秋紅美景——直至第五句方才點出「候鳥」的存在。然而很有趣的是，此處的「準時如候鳥」一方面為前面以來的畫面收束於鳥的身影，但在另一方面，這隻準時來回的「候鳥」，卻又成為另一項事物的譬喻。究竟是什麼樣的人事物或情思「如候鳥」般準時抵達呢？下一行「懷鄉」的現身，方才為前面的謎底揭曉。

告訴我，什麼叫作懷鄉？懷鄉之情說來抽象，如何能帶給讀者具體可感的體會呢？詩人早已從開篇開始經營，在這巴黎中，候鳥與城市依隨時序交互伴隨的動態情境，正是詩人心中關於「懷鄉」的理解方式，甚至也可能是詩中的「我們」離鄉遷徙過程的註解。第六行「懷鄉」單獨成行，吸引讀者在此稍作停留，並像承先啟後的橋梁句般，引導閱讀目光走向往昔。

在往昔，「曾經　夏季開到最盛」，我們既躬逢其盛，卻也察覺到日後可能的衰微，如被長冬掩蓋的小火花。當過去的我們，敏於變遷、多感且多情，從繁華中便可窺見與之相伴的沒落，看似早熟而微帶悲觀地感受時間流轉。但如果兩者即便相對卻成雙並存的話，我們同理也能從不透光的深夜裡頭，那片將會重新光臨的白晝。即便光消失，美好隱退，世界處於黯沉之中，「我們仍能目擊」、預見，在過往與將來，光耀與美好曾經且重新降臨的圖景，並為此而自信地等待。

這就是我們，或者說，過去的我們。心懷盛與衰、起與落，而且更重要的是，無論當下處於何種狀態，我們仍始終相信著如季節及晝夜流轉般，共有的美好縱使不在此刻，也肯定會在未來重新出現。某種對於彼此人生路途的自信與期望，卻也因為前面提及的「曾經」而成為業已不再的過去式。曾經能為了窺探晨曦而捱守過漫漫深夜的我們，如今成了什麼模樣呢？

自然時間的變動，似乎不曾改變身在當中的候鳥與我們，然而來到第二節，人事中的

「電報」介入，卻使我們與前面的往昔告別，成為無以復返的「而今」。電報的訊息究竟確切具體帶給詩中的「我們」何種影響，閱讀時未必知悉（某程度上像是為寫作者自己保留的隱密地帶），但與「電報」相關的詞彙，以及電報對於「我們」的介入與陳述，凡此皆宣告著前一節的失效，過去的輪轉秩序解體，我們不復曾經。

無論是電報來自的「昨日之墳」，我們被電報宣判「已死」，還是春天與燕子同葬的「那口棺木」，死亡的意象與描述已經有全盤壓制。當前一節的「曾經」，即便事物有衰微，卻未曾到達真正的寂滅或死亡；但在本節的「而今」，種種事物本可以周而復始的循環皆全然被取消。候鳥與懷鄉之情不再能定時造訪，黑暗僅是黑暗，不再預示著任何可能重生的美好，而曾經親身參與過的盛事（季節的、生命的、青春的、情感的……），彷彿也隨著舊秩序的崩解埋葬而永遠無法再回歸，「憂鬱地成為／永遠的過去」。詩作也在此結束了。

從詩題「曾經夏季開到最盛」，便可揣測、察覺出詩中觸及的今昔拉鋸。不過，這首詩雖不長，前後兩節卻構築出兩種不一樣的秩序，藉以展現出當中的巨大反差，以及伴隨而來的失落。光明與黑暗這項司空見慣的二元對立，已被含括於「曾經」的秩序中，並且隨著閱讀走向第二節，便被俐落地排除在「而今」之外，成為我們共享、共同經歷卻無從挽回的失樂園。在這份寂滅萬有的如今之後，又會迎來新變化嗎？或者這便是永恆的終局？比起刻意延展或揣想，這首〈曾經夏季開到最盛〉選擇節制地就此收束，專注經營拉鋸與失落。

縱使細節不同，或多或少也呼應著某些人生中必然的失落，以及這份失落對於自我而言，又是如何無可逃脫。相比強顏歡笑，真實地直面那美好世界的零落、樂園不可復返、信念塵封、曾經存活過的那份自己其實不堪一擊……等，即便令人悵惘，卻也擁有與之同等深厚的勇氣與力度，從而能回頭陪伴當中失落的自我。

尹玲〈曾經夏季開到最盛〉評析

【賞析二】蔡知臻

這首詩是詩人尹玲旅法之心情敘述，反映在詩作當中，更牽連國家政治與戰爭歷史的因素於此詩當中，給人相對厚重、承載豐富之感，但綜觀詩作的語詞與句子，從景色切入的敘述甚多，將厚實的歷史沉重意象經由轉化，變得稍微能夠釋懷，或是給予重新再詮釋的可能性。〈曾經夏季開到最盛〉總共分為三節，不算是一首長的詩作，但蘊含豐富，也多有評論者討論與解析過，根據陳雀倩的研究〈華麗複奏　測繪與遺忘：尹玲旅行詩作之書寫意義〉中所討論的，指出尹玲遊歷巴黎時內心所映為「愛在他鄉」的記憶體，也源於對越南的歷史體會，越南與法國之間有歷史意義上的糾葛與無法分離，讓詩人產生殖民者與被殖民者之間的共感。「故鄉」是回不去的標的，而從他鄉找到故鄉的意念與蹤跡，可見他對家／國之愛的失落與再尋找。

從詩題「曾經夏季開到最盛」來看，同為詩作第二節首句，呈現出對曾經的美好勝景之感嘆與期許，也反映了整首詩作的中心主旨：對家國歷史的期待與失落，以及透過異地找到家鄉印象之可能，昔日的家已不在，就如同夏季勝景之消亡一般。回過頭從第一節詩作看起：

巴黎近了巴黎遠了
夏至翩然塞納河上
直到初秋的微醺
醉紅兩岸蕭蕭梧桐
準時如候鳥
懷鄉

時序從夏季到秋季，巴黎似近又似遠，微醺的晚霞以及候鳥的離返，促使懷鄉的情緒加深，且季節與心情呼應，詩人懷念越南家鄉之情，溢於言表。

第二節好似苟活的情態，閃爍其間隱喻戰火的光與影，我們只能躲在夜晚深處，隱藏其中，無論是身體的還是心靈的隱藏，而在光耀的過程當中，不只有不好的，也有一切美好的情景，所以詩人所提，我們不管在何時，都能目擊，顯示視野開闊的樣子，最後兩句「我

們不眠　只為窺探晨曦／掩映中存活的自己」，顯示詩人的堅持與期待，不眠表示對事之堅持，以及對家國衷心意念，晨曦的美好，與掩映存活的自己呈現對比，更讓我們反思戰爭、家國、歷史之多重交織議題。

第三節先談到「印度支那」與「奠邊府」，根據註腳說明，「印度支那」與「奠邊府」為一九九二年在巴黎上映的兩部法國影片，均與越南有關，更映現了越南與法國的糾葛與歷史意義，所以詩人說：

兩封從昨日之墳拍的電報
說我們已死說春天已隨
燕子　在你腋下的那口棺木
憂鬱的成為
永遠的過去

以燕子作為意象，連結棺木，好似走向墳墓的狀態，憂鬱一直存在，無論是過去，都會是永遠的狀態。

綜觀此詩，從旅行角度觀察是不周全的，更重要的是詩人對歷史感悟的詮釋，以及對自我家國身分的思索辯證，才是中心主旨，詩人在旅行之中的感動與感觸，回望個人歷史，我們不免憂傷，但更在乎存在的意義。

【詩歌】橋

你能肯定連接起來的
會是岸和岸
是兩個不同的世界？
其實有時更是某種心情
各異的時空卻噙著一樣的淒楚
初始教你茫然　繼之迷惘
最後狠狠以一宇宙的痛
泥漿那樣澆灌你
然後硬按你頭　深入其中
呼吸不得

有家而永遠無定的那種心情從
橋
上頭撲罩你
暴風圈一般緊緊掐鎖
你　你恰好是那風眼
無法無能逸出

二十五年就是一座橋
你的那一頭
曾是一葉小舟
烙著沉重的一枚名字：華僑
無帆無槳
風裡雨裡浮沉
青天是仰望而不見的一則傳說
你費力地度過橋去

卻在這一段
鐫上一道弔詭符碼
越僑啊　是更負荷不起的萬斤反諷
多少親故皆在橋上遠逝
重尋無處
小舟依然
依然無槳
　　無帆

二十五年　是一座
夠寬夠瞧的
橋

——寫於一九九四年八月二十六日～九月九日

【賞析二】鄭智仁

橋上無岸：尹玲詩作〈橋〉探析

尹玲在一九九四年寫下〈橋〉這首詩作，綜觀全詩而言，不僅有著抒情自我的隱喻，也帶出面對身分認同的處境，亦不難看出作為越南華僑的身分，從一九六九年來臺求學起，歷經二十五年的歲月，詩人仍存在著面臨無家而漂流的困境。

橋的處境

全詩以「橋」為題，而在首節即點出了詩人所認知這座「橋」的意涵，儼然也兼為自己的華僑身世做為抗辯：

在你能肯定連接起來的
會是岸和岸
是兩個不同的世界？

其實有時更是某種心情
各異的時空卻噙著一樣的淒楚

前三句詩行乃採取開放式的反詰句，從「你能肯定」的質疑開始，反而暗示了橋的不確定性連結，首句後頭「連接起來的」，叩問的正是質詰「橋」本身的真正意涵，詩人寫「橋」表面的連結功用，其實反倒是將橋置於哲學的懸問之中：我是誰？我從哪裡來？我要到哪裡去？接續到了「是兩個不同的世界？」這一句，進而提出了是否能真正連結到同一個世界的疑問。

而從此岸來到彼岸，從越南去到臺灣，即使看似身處兩個不同的時空，卻懷著一樣的淒楚心情，因此就橋的物性來書寫，無疑讓詩人在回顧過往而寄予更深層的反思：

初始教你茫然　繼之迷惘
最後狠狠以一宇宙的痛
泥漿那樣澆灌你

然後硬按你頭　深入其中
呼吸不得

從初始的茫然、迷惘到被澆灌一宇宙那樣痛的泥漿，構築了這座橋的受難經驗，而且隱約隱喻著詩人面對文化身分認同的困境，深入其中而呼吸不得，如同橋一樣被迫承受兩端施加的命運安排。

有家而無定

到了次節，詩人從橋的外在意涵進而聚焦於「內在意涵」，讓橋從物理結構轉向主體的心理情感。因此「有家」代表空間形式、地理意義上的歸屬，但「無定」則暗示著心理或文化傳統上的漂泊不定：

有家而永遠無定的那種心情從
橋
上頭撲罩你

暴風圈一般緊緊掐鎖
你　你恰好是那風眼
無法無能逸出

顯而易見的是，橋上也不再是可以安身的狀態，詩人形塑了那種漂浮不定的心情，彷若暴風圈的籠罩。再仔細深究，尹玲更是延伸了「橋」這個意象，不僅是作為連結兩岸空間的媒介，也變成時間、心理與身分認同的過渡符號。更進一步來說，眼前這個「家」不再是能夠穩定容身的處所，而像是一種形同幻象的負荷。橋的存在，若不是一道通往彼岸的希望，反倒成為一種永無所歸的狀況，只能窩在風眼內，無法逃逸。

漂流與懸浮

尹玲全詩的敘述主體可謂處於一種懸置的狀態，因無法抵達彼岸，也無法返回到過去的家鄉。因而「橋」已非連接現實的兩岸，而是轉化成記憶與時間之橋，尤其扣緊的是身分認同，反而是處於沉浮的姿態：

二十五年就是一座橋
你的那一頭
曾是一葉小舟
烙著沉重的一枚名字：華僑
無帆無槳
風裡雨裡浮沉

詩中開始出現如「沉重的」、「浮沉」這類詞彙，除了讓詩的語調顯得沉重外，彷彿也背負著歷史的重量，就是「華僑」這個身分。而「一葉小舟」、「無帆無槳」與「風裡雨裡浮沉」這一連串漂流的意象，更是構成了流浪的圖像，將主體置放於不定與無方向的空間之中。

青天是仰望而不見的一則傳說
你費力地度過橋去
卻在這一段

鐫上一道弔詭符碼
越僑啊　是更負荷不起的萬斤反諷
多少親故皆在橋上遠逝
重尋無處
小舟依然
依然無槳
　無帆

僑民長期以來仰望青天而想跨過橋去，不料卻被烙印上「弔詭符碼」，不只強烈暗示越僑身分被規訓的同時，也被錯置與誤解，而產生了身分認同的矛盾。再者，經過二十五年的光陰，多少親故都已在這座橋上遠逝，何況是重尋無處，更增添了莫大的無力感，畢竟是群體記憶的消逝。但「小舟依然／依然無槳／無帆」便形塑了此一漂流主體的孤懸空間，既呈現了不定且無歸屬的意境，並且是一再返回到原點、一再漂流的困境。從象徵個體的一葉小舟出發，離鄉背井來到臺灣，以為走上連結兩岸的橋梁，最終竟然沉浮在集體失語的歷史長河。另一方面，這毋寧也是詩人一種消極的抵抗，不再試圖前進，只是靜靜地存活、漂流。

橋／僑的存在辯證

當「橋」轉為敘述主體內在的心理地景，不再是連接生活地理的空間結構，而是連接到「自我與認同」、「情感與文化」的模糊地帶。尤其「越僑啊　是更負荷不起的萬斤反諷」一句，除了再度點出橋與僑的雙關，詩人自身就是一座橋，卻無處可以通往。「橋」因此變成一種無法通達的形上象徵，既連不了兩岸，卻只能將人困在橋上，無歸也無岸。

如果「橋」真是「非彼非此」的存在，便讓詩人感受到陷入持續漂流而無法安置的命運，並且是被橋延宕的存在意境，尤其多少親故的「遠逝」。然而故鄉的不可重見，加上僑民身分的被標籤化，在在都構成了一種流亡與懸置的狀態。

此外，當被命名為「華僑」與「越僑」，事實上並未因此獲得穩定的身分認同，相反地卻必須承受更多的歷史壓力，甚且是一種非我族類的弔詭反諷，因而讓僑民成為一座通不了兩岸的橋，只能在橋上孤行，如同詩句所寫：「小舟依然／依然無槳／無帆」。

二十五年　是一座
夠寬夠瞧的

即便如此過了二十五年，歷經歲月風霜的洗練，甚至也失去了太多，連帶要找回的動力也已失去。至於「夠寬夠瞧」的反諷不難看出，「夠寬」無疑指出了時間的寬度，而「瞧」更帶出如同橋那般「被觀看」的存在意義。詩人最後將「橋」單獨成行，除了有聚焦意涵之外，當「僑」的身分一再被政治與社會強加規範時，尹玲則是透過詩，來將這個身分加以拆解，是負荷不起的符碼，亦流露了符號命名的暴力軌跡，更可說是無槳之舟裡那個無能命名者。

「烙著沉重的一枚名字：華僑」、「越僑啊，是更負荷不起的萬斤反諷」這些身分標籤並非來自於自我的選擇，而是整個歷史與社會體制強加於主體的結果。在詩中，「烙」與「鐫」這些動詞皆暗示語言不只是指認，更造成一種創傷的記憶。因此僑民的主體身分便是透過語言被命名、被標示，乃至於被規訓，甚至被迫承擔其背後所蘊含的歷史（中華）文化的重量。在整首詩中，我們可以發現「橋」這個意象，一再被提出和轉化，甚至重新解構與重組。從僑到橋，是一座夠寬夠瞧的橋，卻也是一座懸於茫茫人海的孤橋。

【賞析二】陳政華

烙著沉重的一枚名字——走過尹玲的〈橋〉

尹玲的詩作〈橋〉，寫於一九九四年的夏末，距離詩人一九六九年離開越南，以僑生的身分來到臺灣唸書，已逾四分之一個世紀。然而一九六〇年代，正是越南戰爭正酣的時代。尹玲以不滿廿歲的年紀，目睹了無情的砲火侵襲家園，無辜的百姓流離失所，「戰火紋身」不只是文學詩句，更是詩人痛苦的經驗與記憶，正如詩句中所言：

我們自己　我們的親人
我們整座城市　一張張潔淨的臉
一夕之間給彈花撫成蜂窩
嘔著石油燒滾的紅血

（〈巴比倫淒迷的星空下〉）

戰爭與死亡的烏雲，籠罩著越南的天空，也為年輕的尹玲心中，烙下了沉痛的痕跡。

全詩圍繞著「橋」加以開展，起首三行「你能肯定連接起來的／會是岸和岸／是兩個不同的世界？」橋梁連接起來的，不僅僅是岸與岸之間，更是不同的世界，此岸與彼岸，一個是戰亂的越南，另一個是和平的臺灣。越南雖亂，仍是孕育自己的家鄉；臺灣雖安，終究是短暫棲身之所。詩人在詩句開頭就表現出痛苦與矛盾的身分掙扎，在越南目睹戰亂，歷經千辛萬苦才能夠離開；來到臺灣卻思念家鄉，儘管身處不同的時空，卻有著相同的心境：

各異的時空卻噙著一樣的淒楚
初始教你茫然　繼之迷惘
最後狠狠以一宇宙的痛
泥漿那樣澆灌你
然後硬按你頭　深入其中
呼吸不得

無論是在越南，抑或是在臺灣，飽受著同樣的「淒楚」：前者是對戰爭的茫然，對未來無所知的迷惘；後者則是對初至異地的茫然，以及不知何時才能歸鄉的迷惘。最後是以「宇宙」——那種包含所有時間與空間，以及所有「存在」的痛，重擊著詩人的內心。

第二段起首的「有家而永遠無定」則是沉痛地敘述身為大時代下逃難的越南僑生，在臺灣雖有「家」，但家人卻早已不在，自身猶如橋下的不繫之舟，飄忽無定，二十五年前離家，就已無家，內心永遠在漂泊流浪。橋上的暴風雨，是一道枷鎖，暴風眼籠罩著整座橋，也籠罩著身為越僑的尹玲，難以逃脫。第三段的「二十五年就是一座橋」將作為空間的「橋」，添加了時間的意象，二十五年，正好是尹玲離開越南，以僑生的身分來到臺灣的時間。題目的「橋」，不只是連結兩岸的橋，更是代表詩人身分的「僑」。身為華僑、越僑，在這二十五年當中到處漂泊，身體雖然有個安身立命之所，但內心卻仍如一葉小舟，在風裡雨裡浮沉。畢竟華僑的身分，是深深「烙」在詩人身上，熱辣灼痛，是一個永遠無法抹滅的印記，猶如身分證字號般伴隨一生。而「青天是仰望而不見的一則傳說」一句，更是代表著「越僑」的身分，就會被眾人鄙夷、唾棄，縱使試圖越過橋去，去到彼岸，卻仍遭無情恥笑、譏諷，彷彿自己並沒有資格見到那種充滿未來、光明、希望的象徵的青天；「傳說」有著口耳相傳的事物，或者幻想的產物意涵，不一定真實存在，因此對越僑而言，似乎「青天」是他們只能仰望，卻無法見到的一則「傳說」。

值得一提的是，在此段最後三句重複提到「小舟依然／依然無槳／無帆」，代表身在一九九四年的詩人，心境仍然同二十五年前，「越僑」的身分，像一葉扁舟，無槳、無帆，無槳則方向無定；無帆則無法順風而行。而到了末段，又再次提到這二十五年的時間，是一座夠寬夠瞧的「橋」。這座「橋」，將詩人的內心，牽繫著當年詩人來到臺灣那種孤單、放逐的心境，情感認同的家園被迫離散。詩中的「瞧」，與「橋」、「僑」同音。橋，瞧見這葉小舟，承載著詩人流浪無依的孤寂，在詩中與心中，載浮載沉。

【詩歌】雨從未有停歇過

最早的雨如何開始它的
滴落
其實我們已經模糊
而且真的懶於追究

關於雨的記憶
定格在世紀之初或更早
與創世紀之光

總是有一個起始的
一塊肉一片衣
站立的地

躺下的床
難容另一張嘴
　另一個口氣
甚至只是另一絲
眼角的
　餘光

滴落之後
雨
從未有停歇過

一九九五年四月十二日初稿
一九九六年十二月二十一日修訂
（本詩見於尹玲《髮或背叛之河》，頁八十七）

【賞析】沈曼菱

憶體與液體——析尹玲詩

尹玲（一九四五～），本名何尹玲，又名何金蘭，廣東大埔人，生於越南美萩／美拖（Mỹ Tho），一九六九年九月來臺迄今，曾以筆名尹尹、阿野、徐卓非、玲玲、苓苓等發表作品。出生於越南的華人家庭，又在少時經歷越戰，尹玲的作品中有許多不同層面上對於戰爭的詰問與抵抗。洪淑苓〈越南、臺灣、法國——尹玲的人生行旅、文學創作與主體追尋〉曾提及，邀請尹玲到課堂上演講，越戰之中最驚悚的親身經歷是一九六八年北越共軍假意宣稱停火，實則利用新年鞭炮聲掩飾槍砲聲，對西貢展開偷襲，造成無數南越平民傷亡慘重。[1]對照在尹玲〈六〇年代以及〉文中自敘[2]，尹玲對於戰爭的親身經歷與體認，深刻凝鑄於筆下作品之中，從第一本詩集《當夜綻放如花》到《一隻白鴿飛過》、《髮或者背叛之河》皆然。

1 同前註，頁九至十。

2 蕭蕭、張默編：《新詩三百首》（臺北：九歌，一九九五年），頁五八五至五八六。

在詩集《髮或者背叛之河》的〈髮析〉裡，尹玲自敘：

一九七六至一九八六的十年苦痛曾讓你拒絕記憶、拒絕回憶、拒絕寫作。之後你決定重新創作，將自己再次奉獻給寫作，無視無畏再度侵凌你的各種徹底的傷痛，你要用「真」寫出一切的「真」，最少為你曾經歷過的、看過的、聽過的、聞過的、嘗過的、感受過的、感懷過的、死去活來過的，留下最真切的心底觸動。（頁七至八）

這本詩集跨越了尹玲不同階段的生命經驗，戰爭、跨國、求學、遊歷、身體病痛……，因而召喚、重述時間空間，記憶（memory）乃是尹玲抵抗消逝和失去的途徑，若寫作擁有實踐的力量，作家透過詩作表達自我對當下的詮釋，建構出有別於現實場景的另一維度。

在《髮或者背叛之河》中，第四輯「萬一春天失足」裡，〈雨從未有停歇過〉透過「雨」的想像，將自然與身體連接成一則寓言故事：

最早的雨如何開始它的
滴落

其實我們已經模糊
而且真的懶於追究

關於雨的記憶
定格在世紀之初或更早
與創世紀之光

首兩段提出了問題，「雨是如何開始滴落」，而關於雨的記憶，世紀之初或更早，對於抽象概念的「原初」或「最早」之場景皆已然遺失，遙不可尋。接下來該如何詮釋雨之起始，則是詩人想要推進的演繹方式：

總是有一個起始的
一塊肉　一片衣
站立的地
躺下的床

難容另一張嘴
另一個口氣
甚至只是另一絲
眼角的
餘光

滴落之後
雨
從未有停歇過

後兩段從「一塊肉／一片衣」寫身體，從「站立的地／躺下的床」可知寫人，「難容另一張嘴／另一個口氣／甚至只是另一絲／眼角的／餘光」寫的是爭執或意見分歧，或衝突的光景，末段「滴落之後／雨／從未有停歇過」已經不僅僅寫雨，而將雨的意義轉為身體流出的液體。從氣象知識的雨轉化到身體，詩人並沒有寫明究竟是指眼淚，血液還是唾液，而一概統稱為雨，留給讀者開放式的想像空間。另一首〈書寫失憶城市〉則描述一座不斷被拆除的城市，在詩人的眼中如同拆盡了記憶的可能，無所憑藉：

拆
拆
拆
拆盡一切
記憶的可能
唯獨留下
撒滿空中的口沫
企圖建構
通往天際的
虹

連續三個「拆」字，分崩離析的究竟是什麼，是建築物，還是拆掉對過往的認識。「拆盡一切／記憶的可能」表示過去仰賴辨識之外在皆已不可見，「唯獨留下／撒滿空中的口沫」，唯獨二字更顯得虛無而不可信任。是誰拆除拆盡一切，又只留下口沫橫飛，尹玲皆沒有在詩裡明確表態所指對象為何，一座失憶的城市要如何辨別？但看另首〈承諾〉也提及了類似的情境，並且更加具體：

的確已經N年又N年的故事
基隆　汐止　內湖　五股
從這一張嘴那一張嘴
張開闔起（私下正歡樂）
對著記者卻未忘皺眉之際
爆出的口水比任何伯伯的雨
都更會沉浸小小的大眾
淹沒　活埋　倒塌　坍方
就是失憶國境最愛
最愛使用的詞語

讀者彷彿從詩句中領悟了什麼，失憶是一種諷刺，諷刺官員治理城市的方式，也諷刺擁權者的立場和手段，妄想用散落的口沫築構一座海市蜃樓，或通往天際的彩虹。原來在尹玲的文學實踐上，創作從來就不僅僅是風花雪月，遊戲人間的態度。在越南，在臺灣，在法國，踏上不同的國境，都無法阻止尹玲體會、創作，也正是在不同情境下對人性的感悟，使得她不斷嘗試用各種形式表現出對歷史，對政治，對戰爭的詮釋。記憶與失憶，雨、洪水與淚液，都將化作波浪，包覆著詩人的抒情之核。

【詩歌】其實我們並不反對

其實我們並不反對
叫做人的那種動物
到全世界去進補

不反對鳥兒在空中或林裡
飛翔　以任何一種姿態
只要祂喜歡

所有族類的魚
在還能呼吸的水底
盡情地嬉戲

每一隻穿山甲
不管穿不穿山
都能穿著祂的鱗甲
像人穿著衣服

還有我們的父母
我們的兄弟姊妹
可以留著我們的膽
在我們體內
我們的世界沒有拐杖
我們需要我們的腳
長在自己腳下
不在餐桌盤上

真的
其實我們並不反對
什麼人去什麼地方進什麼補
腳
全在他們身上

寫於一九九四年五月

（本詩見於尹玲《一隻白鴿飛過》，頁一〇〇至一〇二）

【賞析】林宇軒

我們反對——讀尹玲〈其實我們並不反對〉

出生於越南、求學於法國、生活於臺灣，擁有豐富生命經歷的尹玲可以說是獨一無二的傳奇詩人。也正因為這樣的軌跡，研究者若要舉出尹玲的代表作，大多會聚焦於遷徙、語言或認同等主題。在這些詩作之外，尹玲在關懷普世價值的詩作也有精彩的表現，這首寫於一九九四年的〈其實我們並不反對〉就是其一。

在總共分為六節的詩作當中，尹玲首先寫道「其實我們並不反對」，以一種輕描淡寫的語氣透露出內在的矛盾，彷彿是在對現實做出妥協：「其實我們並不反對／叫做人的那種動物／到全世界去進補」如此特殊的發話姿態，讓讀者能夠進一步思索：「我們」是誰？為什麼是「叫做人的那種動物」而不直稱「人」？為什麼是「到」全世界？種種的問題實際都關乎姿態的設計以及後續的鋪展。值得注意的是，在短短三行之中出現的「反對」和「進補」兩個概念，貫穿了後續的整首詩作。

到了第二節，尹玲以「不反對」領句，開啟了關於「鳥」、「魚」、「穿山甲」三種動物的連續敘述。雖然看似簡單，但每一節都值得細細思辯：「不反對鳥兒在空中或林裡／飛翔 以任何一種姿態／只要祂喜歡」為什麼鳥兒是神格化的「祂」？「所有族類的魚／在還能呼吸的水底／盡情地嬉戲」是否意味著水底會有不能呼吸的可能？「每一隻穿山甲／不管穿不穿山／都能穿著祂的鱗甲／像人穿著衣服」同樣以「祂」來指稱穿山甲，更利用「穿」這個字的歧異性——「穿山」和「穿衫」的諧音——來製造遊戲性。

從穿山甲「像人」的敘述延續，第五節的視野從三種動物回到了「人」。把膽「留著」基本上就是對人類進補的諷刺，加上「我們需要我們的腳／長在自己腳下／不在餐桌盤上」，更回應了第一節就出現的概念「反對」和「進補」。在科技大觀園的網站文章中，有學者曾經利用大白鼠進行研究，發現民間流傳的「蛇膽補肝」、「雞膽補眼」和「魚膽明目保肝」之做法，毒性作用會造成肝和腎功能的受損，甚至衰竭而死亡。對照這裡的詩行，可以發現尹玲不從文化或保健的角度切入，反而更直截地從「留著我們的膽」和「長在自己腳下」，側寫人類對其他物種身體甚至生命的不在乎。

在最後一節，尹玲再次寫道「其實我們並不反對」，這次甚至使用「真的」來強調，卻反而營造出了一種無力感。全詩最後的收束之處，以「腳／全在他們身上」作結；對照前述其他物種逐步消失的生存空間和身體部位，人類對「腳」的擁有，還有以「進步」對自然界的一切掠奪，似乎都顯得少數的「反對」聲音沒有任何作用。對應第˙節「叫做人的那種動物」，也提醒了我們：人類也不過是這個生態系當中的一個物種。

在這首詩中，尹玲從一而終地以簡單卻富有張力的語言表達出一種對現實的反思，尤其是質疑了人類進補行為對自然生命造成的損害；透過表面上的「不反對」而非大聲疾呼，尹玲隱藏一種對人類中心主義的深刻批判，讀來帶有一種驚悚的感覺。回頭閱讀詩題「其實我們並不反對」，真正的意思可以把「其實」和「並不」刪除，不過正因為這些看似冗贅的迂迴姿態，詩作才顯得更加值得玩味。

【詩歌】點菜

A

在德國柏林該點風情特新舊韻猶存的東西德菜
在　紐倫堡則點尚可辨認卻仍難解的猶太菜
在英國倫敦要點最勁的有模有型香港菜印度菜
在　劍橋就點帶不走一片雲彩的悄悄再別菜

B

在比利時布魯塞爾請點特鮮的最正白酒燜淡菜
在　安威爾噏可點特奇的荷比盧德聯姻菜

C

在柬埔寨金邊非點不可那道萬世不朽的空城哀嚎菜
在　吳哥窟須點面世之後永難謝絕的奇蹟幻滅菜
在中國北京必點遠離原跡早已現代化的北京烤鴨
在　上海能點外灘依舊浦西新天地的唯我浦東菜
在韓國漢城應點非他莫屬的正統大韓國菜
在　板門店定點加味特殊的煙硝戰火泡菜

E

在西班牙馬德里不妨點番紅花燜西班牙海鮮飯
在　格拉那達是否點薰陶過數世紀的阿拉伯菜
在美國洛杉磯橙縣小西貢肯定點「光榮撤退」的越南「和平」菜
在　華盛頓ＤＣ不如點領導英明正在進行伊拉克「烽煙」菜

F

在法國巴黎當然要點米其林三星級廚師的獨尊法國菜
在　馬賽可知會點摩洛哥阿爾及利亞越南等等殖民菜

G

在希臘雅典須點歷史文化藝術哲學特優的典雅希臘菜
在　奧林比亞須點永不屈服的奧林比亞精神特健菜

H

在荷蘭阿姆斯特丹特愛點獨特唯一的梵谷天才菜
在　海牙鹿特丹最想點似仍相識的曾經印尼菜
在香港這端是否該點紳士風味一本正經的經典英國菜
在　九龍那頭只能去點只好如此民間專愛的傳統中國菜

I

在義大利羅馬必點祖傳廢墟不勝唏噓的義大利菜
在　威尼斯就點馬可勃羅水聲輕盪的浪漫夢幻菜

J

在日本東京可別忘點天皇獨鍾的巴黎銀塔特級血鴨
在　京都切記要點漫漫歲月蘊成永恆的頂級長安菜

M

在澳門氹仔這邊要點世界著名形色各異的卡西奴葡萄牙菜
在　氹仔他處則點泛漾幾絲蒼白的無奈邊界菜
在摩納哥請點葛麗絲・凱莉那道絕美王妃的冷豔菜
在　蒙地卡羅應點卡西諾世界奢貴僅有的華麗菜

P

在葡萄牙里斯本試點歷盡滄桑的正宗葡萄牙菜
在　　薄都則品嘗薄都酒淡淡哀愁的極美香醇

S

在瑞士琉森可點山水舒適美景無限菜
在　　日內瓦則點日內瓦湖上愜意盪漾菜
在敘利亞阿列寶須點貧困仍占優勢的非常民間實質菜
在　　發迷爾換點迷倒眾生的海市蜃樓沙漠虛無菜

T

在臺灣臺北淡水可點通俗大眾的日本菜美國菜
在　　臺南高雄該點精緻獨愛的臺灣菜非中菜

V

在捷克布拉格應點情調脫俗的中古捷克菜或法國菜
在　非布拉格須點情深意濃的猶太菜蘇聯菜

在越南西貢記住要點一直存在影響深遠的中國菜法國菜美國菜
在　順化可要燃點活埋在戰亂深淵沉入香河的無數冤魂天燈菜
在　河內毋忘多點永烙心頭世世難忘的地雷菜戰鬥菜轟炸菜

（本詩見於尹玲《髮或背叛之河》，頁五十三至五十五）

翻開的食譜：繁華掩蓋的世界——尹玲〈點菜〉一詩賞析

【賞析】白靈

尹玲是女詩人中的異數，她像不想停歇必須不斷飛翔的鳥，如跳躍於國與國的屋瓦間四處流浪的貓，又若樂於隨歲月潮水急流上又急流下不肯上岸的浪，她的人生和她的詩的書寫一樣，始終「在路上」，她的生命是跳躍似的，在這朵雲與那朵雲間飛，在城與城間跳，在餐盤與餐盤間躍，她是一位現代的漫遊者，極為吉普賽式的漫遊者，她的詩就是她的徐霞客遊記，但紀錄的並全然非外在的美城美景美食，而是內心某不被相遇的逝去之物。

她並非沒有巢或沒有家，但那只是形式上的，她是古往今來女性遊牧性格極端強烈突顯的代表，她以詩或旅人行動隱微地抵抗著這世界不可明說的不公不義，其實是父權主導普在各地的政治和社會，它們經常處處以各種形式的戰爭和算計讓世人百姓惶惶度日乃至流離失所無所歸依。按理她應前往山川美景或原始叢林部落或極地荒野尋求慰藉，卻不，她不斷旅行探訪的常是歷史名城或戰火烽煙處，比如她的〈髮或時間是枚牙梳〉中所寫：「西貢的月忽忽作了臺北的風／巴黎流水拂綠北京嫩柳／伊斯坦堡的祈禱斜斜散入大馬士革／柏林睡穩的牆猶不忘敲醒他城的晨鐘」，四句就掃過七座城，她枕下是不斷更迭的異地，她是不肯棲居的蝶或蛾，頂著強風和黑夜，四處尋找燈火通明之處或煙火沖天的廢墟。

這首〈點菜〉則是意圖更為突顯之作，這是尹玲極具諷刺、調侃意味又兼強烈批判性的詩作，以名城點菜為名，直接挑戰甚至挑釁這紛亂卻又為繁華掩蓋的世界真相。自從科技發展有了電、冰箱和瓦斯後，女人在廚房逐漸呈弱勢，所謂大廚或名廚幾乎被男人壟斷，像歷史名城自古為男人所建構設計，破壞毀滅也是。男人像祭師，取代了女巫，於廚房殺戮生畜後烹調加味，然後在餐館擺出鮮麗耀眼的菜餚品名，庖廚背後或垃圾桶中屍橫遍地並不為饕客所見。

〈點菜〉一詩以英文字母按序排列又不定跳動的獨特方式，她使用A、B、C、E、F、G、H、M、P、S、T、V等共十二個字母來代表詩作內容的指涉，將日常「點菜」的行為與世界各地的歷史、文化、政治、戰爭、殖民、變遷等議題交織在一起，象徵世界各地的歷史文化記憶如何被「點選」與消費，形成一幅全球地理與歷史的拼貼畫。詩人在不同的地點點選「菜餚」，但這些「菜」並不只是食物，而具某種歷史、文化、政治或情感的象徵，帶有深厚的寓意，更融合了她過往許多旅行寫作題材的特質。

詩的結構類似於一張環遊世界的「菜單」，按字母順序排列地點，每個地點的「菜」帶有獨特的歷史與文化象徵，詩人用簡短的語句，營造出一種快速遊歷世界的節奏，像是一場跨文化的巡禮。A到V的順序基本上涵蓋全球各地，從歐洲（德、英、法等）、亞洲（中、日、越、韓）、美洲（美國）、中東（敘利亞）、非洲（摩洛哥、阿爾及利亞）等地。除了A字以外均為明指，如B（Belgium 比利時，Brussels 布魯塞爾）、C（Cambodia 柬埔寨，China 中國）、E（España (Spain)，西班牙）、F（France 法國）、G（Greece 希臘）、H（Holland 荷蘭，Hong Kong 香港）、M（Macau 澳門，Monaco 摩納哥）、P（Portugal 葡萄牙）、S（Syria 敘利亞）、T（Taiwan 臺灣）、V（Vietnam 越南）。

其中最特別是以A為起點，涉及的國家名或城市名並無相關A字母開頭的字詞可以對應，此段說：

> 在德國柏林該點風情特新舊韻猶存的東西德菜
> 在　紐倫堡則點尚可辨認卻仍難解的猶太菜
> 在英國倫敦要點最勁的有模有型香港菜印度菜
> 在　劍橋就點帶不走一片雲彩的悄悄再別菜

唯一能予以詮解的或是一九四五年十月一日尹玲出生，正值二次大戰結束於五月（歐洲戰場）及八月（亞洲戰場），那時遠赴戰場的軍人解甲返鄉，觸發了嬰兒潮。雖然不在一九四六年～一九六四年出生之內。但她是站在「戰後嬰兒潮」的首批前面，以A當指標，多少有自己身逢其時的指涉。也是第二次世界大戰才改變了世界局勢，德、日、英、法等歐洲殖民帝國衰落，其兩側的美國、蘇聯則取而代之，成了戰後新的兩超級大國，世局大變、冷戰起始的一九四五正是尹玲出生的同一年，以A當開頭誰曰不宜？詩中「風情特新舊韻猶存的東西德菜」的柏林是兩大新強國於德境內相互對峙的最前緣。直到上世紀九〇年代初柏林圍牆拆除，也是蘇聯解體的象徵，令人不勝唏噓，美國終成世界獨強。

第二句「紐倫堡則點尚可辨認卻仍難解的猶太菜」更有歷史意味。「猶太菜」象徵二戰時期的猶太人遭遇，如紐倫堡法案與戰後大審判均在此地。紐倫堡法案（《保護德國血統和德國榮譽法》）是納粹德國於一九三五年頒布的反猶太法律，對「猶太人」一詞下定義，如果一個人的祖父母四人中全部或三個是猶太人，則該人在法律上即屬於猶太人，他們成了後來二戰中屠殺（死亡六百萬）的對象。而從一九四五年十一月二〇日到一九四六年十月一日，國際軍事法庭（IMT）有意選在被占領的德國紐倫堡召開聯合法庭，審判了納粹德國在政治、軍事和經濟領域二十二位最重要的倖存領導人，以及六個德國組織，這些審判相對更集中於納粹對猶太人大屠殺。

此段末尾兩句寫到倫敦的「最勁的有模有型香港菜印度菜」暗示英國殖民史（香港、印度均曾是英國殖民地），印度一九四七年擺脫英國統治，一九九七香港才回歸，但菜不會消失，可能仍永留倫敦。「悄悄再別菜」呼應徐志摩〈再別康橋〉，一方面暗示殖民結束前文化離散與流亡到處發生，歷史雖過去，文學卻留下來。一方面也呼應「帶不走一片雲彩」「悄悄再別」的時間永恆定律，沒有哪國哪人能逃脫時間的摧殘而不成為消散的雲彩。

此外，此詩中其他部分也充滿歷史與戰爭的影子，「菜餚」都帶有深刻的歷史烙印，這與尹玲一身的遭遇與命運當然深刻相關。例如：「在柬埔寨金邊非點不可那道萬世不朽的空城哀嚎菜」，這是對赤柬時期驅逐金邊全城人口出城上演「空城」，導致無數人死於飢餓與屠殺，形成歷史大悲劇。「在　華盛頓ＤＣ不如點領導英明正在進行伊拉克『烽煙』菜」，這是對美國入侵伊拉克、將戰爭比喻為一道「烽煙」味菜餚的嘲諷。「在　板門店定點加味特殊的煙硝戰火泡菜」，板門店是韓戰停戰協議簽署地，泡菜加上「煙硝戰火」暗示朝鮮半島的戰爭遺留問題，迄今仍無解，地緣政治有如醃製難解其味的複雜。

詩中其實更多的是因殖民歷史而產生的飲食文化交融，在其後進入百姓生活日常，不只是被殖民的一方，也返回影響殖民他人的一方。比如「在　馬賽可知會點摩洛哥阿爾及利亞越南等等殖民菜」，馬賽是法國的重要港口城市，曾是法國殖民地白姓移民至法的重要聚集地，詩人用「殖民菜」來形容法國當地受北非與東南亞影響的飲食文化。「在香港這端是否該點紳士風味一本正經的經典英國菜／在　九龍那頭只能去點只好如此民間專愛的傳統中國菜」，香港的英國殖民背景與中國傳統文化的對立與融合在這兩句話中得到體現。

雖然美國不曾殖民越南，卻因越戰失利放棄，詩中即諷刺說：「在洛杉磯橙縣小西貢肯定點『光榮撤退』的越南『和平』菜」，「光榮撤退」有強烈諷刺美軍從越南撤軍，使南越失守，既不光榮也不和平。而橙縣即加州橘郡（Orange County），有全美國最大的小西貢區（Little Saigon，越僑聚居區），是越南以外最大的越南裔人口聚居地，逃離越共的難民很多移居至此，飲食是日常，與當地文化相互影響自是當然。而尹玲不用橘郡改用「橙縣」或有隱喻。她在一九九〇年另一首〈橙縣種的那一棵樹〉一詩中即特別提到橙縣的「橙」字，此詩中有句：「橙縣種的那一棵樹／不是橙／是二十年越戰／血花開在槍托上／另一品種的戰利果」。詩指此橙非水果的橙，而是暗指橙劑（Agent Orange，橘劑）。此乃除草劑和落葉劑化學品，一九六一年至一九七一年的越戰期間被美軍當作除草作戰使用，以除草劑除去敵人藏身的叢林樹葉，飛機一旦由空中噴灑，植物兩天內即死亡。但後來發現越南婦女母乳中，乃至越南服役過美國軍事人員血液中均發現有高濃度的戴奧辛。戰爭結束之後，越南出生的許多畸形嬰兒出現齶裂、智力不足、疝氣和多指症等怪病均與此有關。尹玲對「橙」字之敏感，由此可見，自然要大加撻伐。

這首詩寫得最痛最難點的菜是末段，三句均與越南有關的V：

在越南西貢記住要點一直存在影響遠的中國菜法國菜美國菜
在　順化可要燃點活埋在戰亂深淵沉入香河的無數冤魂天燈菜
在　河內毋忘多點永烙心頭世世難忘的地雷菜戰鬥菜轟炸菜

「在越南西貢記住要點一直存在影響遠的中國菜法國菜美國菜」，這是對越南歷史的回顧，從中國千年影響的傳統，到法國殖民時期的法國料理，再到越戰中美國的影響，其對美國打越戰的橙劑遺害已見上段所敘。此詩末段再度回到她出生地的越南，更強化越戰的影響歷經半世紀多了仍纏繞越南人心頭。各種菜名食譜走入百姓日常自是必然。二三行則再度控訴戰爭的可怕和恐怖，其中一九六八年一月三十日開始的「春節攻勢」中，最令人髮指的是戊申順化屠殺，越南南方民族解放陣線和北越軍隊在順化戰役對平民的大規模屠殺，事後挖出的男人、女人、兒童與嬰兒屍體有兩千八百一十具，據估計有約六千名平民和戰俘被北越軍殺害埋屍，甚至活埋。而貫穿順化市並將城市劃分為南北兩區的杳江有公路橫越，成為了聯軍從海岸城市峴港市向越南非軍事區運輸物資的重要補給線，也是美國海軍補給船的基地，沒想到卻遇攻擊。詩說「燃點」、「天燈菜」，即是要為「活埋在戰亂深淵」及「沉入香河的無數冤魂」祈福的祝禱詞。到了北越河內則要多點「永烙心頭世世難忘的地雷菜戰鬥菜轟炸菜」，這只有歷經戰亂長大的人才能深深體認如此銘心刻骨的戰亂遺毒了。

此外，詩中提及的安威爾（Antwerpen，安特衛普）位於比利時北部，是比利時重要的港口城市，「荷比盧德聯姻菜」有隱喻荷蘭、比利時、盧森堡（Benelux）及德國文化交融之意。而薄都酒（Port Wine）指葡萄牙「波爾圖（Porto）」產的波特酒，以甜醇濃郁聞名，詩中「薄都酒淡淡哀愁」或有暗喻葡萄牙的歷史滄桑之意。

飲食是所有百姓的生活日常，一道簡單的菜或多或少都有它的來源和過程，它可能是單純的家鄉菜，也可能是輾轉起伏、歷經文化影響、種族融合、戰亂爭伐所產生。因此若是上餐館隨意翻開食譜，其簡單或豪奢名稱下可能藏著時間掩蓋的什麼真相。尹玲走遍世界大城小鎮，遍嚐各種美食，似乎反覆尋找著內心某不被相遇的逝去之物，也許是找一個可安頓流浪之心的家吧，但她卻說「家鄉只是人類幻想的創造／一遍又一遍悽惶地構築自我／方才塑成轉瞬便徹底解構／唯有時間是一鞭溪水從容流過」，不論家或自我都是短暫的構築，一朝生活於戰爭陰影下的人此後往往只能揹著自己行走天下。即使點盡世界各名城名廚野廚的菜色，最多也只能藉飲食之際短暫獲取補償，因為庖廚背後或垃圾桶中屍橫遍地並不為饕客所見或所知。況且多半只偶遇片刻，卻不能永存。她的家是揹在肩上的，已無法形構，她的樂趣或在偶然翻開食譜時，手指下指點著美麗的菜名時，能與不被相遇的逝去之物偶然相遇吧！

【詩歌】握

一

啊女兒　要握緊的
不是只有你眼前這抹豔夏
那繽紛只存一季
而是花瓣上的清奇紋理
和葉片中的獨有顏色
——耐得住時間細細研磨

二

才說著呢　日子就已過了一半
孩子別急　我並不要你急急趕路

陽光之下一如在濃夜裡
要愛你身邊各類小草，爬著的螞蟻
不同膚色的人，呼吸的空氣
圓圓的月或許偶爾彎缺
還有星星
看得見和看不見的，可都一樣美麗

三

初秋也許已讓你感到蕭瑟
深冬會否更顯嚴寒酷極？
女兒別怕　要記著　任何
任何狀況中的每一步
都須認真踏穩　從容向前
微笑　感恩　歡喜

就像復甦在百態繁花春風拂逗的盎然詩意
或似沐浴於千變雲霞撩人黃昏的夏夕之謎

——寫於巴黎一九九五年十一月

（本詩見於尹玲《一隻白鴿飛過》，頁一八五至一八六）

母親詩人在拿與捏之間的〈握〉

【賞析】蕭蕭

尹玲（何尹玲，又名何金蘭，一九四五～），廣東大埔人，出生於越南美拖（My Tho），越南西貢文科大學畢業後，來臺、赴法，擁有中國文學博士、法國（巴黎第七大學）文學博士雙學位，同任淡江大學中文系、法文系兩系教授，直到屆齡退休。從小飽受越南戰爭（Vietnam War，一九五五～一九七五）二十年的煎熬，往來臺灣、越南，繫掛家鄉戰火，詩壇上因而傳述著她一夜髮白的傳奇，專注檢視她心靈歸趨與身分認同、戰爭意象與離散經驗的詩篇，以她自己的詩來說，「二十年是一條罹患風溼的皮鞭／一發作便狠狠抽打亟欲逃亡的記憶」（《一隻白鴿飛過‧北京一隻蝴蝶》）這記憶烙印深深，無可磨除。但在越戰後可遇見的現實生活中，她精通華語、粵語、客家話、法語、英語、越南話的語言能力，隨時飛翔於巴黎、美國與臺北的浪漫航線上，分享美食與芬芳，彷彿她戰爭詩裡一再挫傷的白鴿、蝴蝶、玫瑰……隱藏了內在的疤痕，唯大包小包行旅箱是依，旺盛著、飄舞著白鴿、蝴蝶、玫瑰……似的生命繽紛。

——這是臺灣詩壇熟悉的尹玲，人事資料上的訊息：博士詩人、學者詩人。詩題材的關注：戰爭詩人、行旅詩人。

今天，我選擇去掉「詩」、保留「人」的回歸，本質性的母親腳色，看她的〈握〉。握，是從實質、物質，用手掌去抓緊或執持的「握筆」、「握手」、「一沐三握髮」的握，到抽象的、掌管掌控的「握權」、「握瑜」的握。尹玲在〈握〉這首詩中要女兒握緊的，卻在第一節就跳開了世俗約定的「有」，跳開了實質與抽象的分叉、歧異，卻合於佛法裡「名」、「非名」、「非非名」的哲理性思考，是「正面」與「對立面」的交互往來，卻又跳脫而俯視全局的視野保全。尹玲要女兒握緊的，「不是只有你眼前這抹豔夏」——「眼前」、「當下」、「這豔夏」是該掌握的，但這繽紛只存一季，相對於一季之短暫的，卻是「花瓣上的清奇紋理」和「葉片中的獨有顏色」，他們才是「耐得住時間細細研磨」的「真」。「眼前」、「當下」、「這豔夏」，是感官可以察覺的「現象」，但「花瓣紋理」、「葉片顏色」的層次變化，卻可藉以思辨生命本質。尹玲所期望孩子的，是「耐得住時間細細研磨」、更核心更純粹的生命本質。

第二節接續首節，仍從「時間」著眼，不要因時間匆匆而焦急，陽光下與濃夜裡，不同的時間點都要維繫住全面、普及、微而細的關注（尹玲所使用的字是「愛」）：各類小草、螞蟻、不同膚色的人、空氣、圓圓或彎缺的月、看得見和看不見的星星（一樣美麗）。這一節是擴散式的大愛：微小的生物、各色人種、以致於天象、天體，逐步加大、加深，意象擷取了事物的要點所在，象徵的意涵卻足以讓女兒（廣大的讀者群）欣然接納，詩的時間在推移，推移向空間，空間又層遞式的增廣。

最後收束在第三節的「時間感」，呼應著首節的「豔夏」。是的，尹玲在第三節讓時間推移到蕭瑟的初秋，想像著酷極的深冬，暗示著生命的困境在人生的旅程中可能到來，但最終，她留下兩句極佳的意象喻詞，不負「學者」、「詩人」、「媽媽」的三合一形象：「就像復甦在百態繁花春風拂逗的盎然詩意／或似沐浴於千變雲霞撩人黃昏的夏夕之謎」，從容向前。微笑歡喜。

以這首詩，回頭檢視尹玲身歷戰火、失根漂泊、日月煎熬的那些名篇，何以是透過《當夜綻放如花》、《一隻白鴿飛過》、《旋轉木馬》的從容意象，未聞一絲硝煙味、血腥風，卻又直讓人心靈震顫碎裂的文學底氣！

二〇二五年四月十二日

【詩歌】旋轉木馬

旋轉木馬　轉呀轉的
旋轉木馬　轉呀轉喲

旋轉木馬　達達達達
快樂地馳騁
在圓圓的座檯上
奔騰在心愛的夢鄉

旋轉木馬　叮叮叮叮
你騎一匹紅色木馬
徜徉在不停歌唱的多瑙河畔
快華爾滋悠揚入雲

跳動著無數人的心

旋轉木馬　噹噹噹噹
她想騎白色木馬
高高的　帥帥的
在香頌優雅聲中
翺翔於鐵塔的家鄉
看一眼高塔的尖頂
映一下塞納河心的身影

旋轉木馬　咚咚咚咚
他愛騎藍色木馬
奔入幽美的黑森林
飛呀飛喲
直飛到天鵝古堡

白白的古堡昂首
張開雙臂擁抱他

旋轉木馬　登登登登
我要騎橙色木馬
輕輕走入剛睡醒的小村
呼喚伴我成長的溪河
親親正要升起的太陽
聽聽晨起的鳥兒唱歌

旋轉木馬　丹丹丹丹
轉呀轉的
快樂地馳騁
在每人心愛的夢鄉

【賞析】李桂媚

夢想的世界之旅——閱讀尹玲〈旋轉木馬〉

關於童詩集《旋轉木馬》，尹玲自言：「詩中多以大自然中的星星月亮、小橋流水、白雲彩虹、花草樹木等為題材，融合了親情、友情、對世間萬物關懷、人性、想像、夢幻等做為支撐的基礎」[1]，閱讀與詩集同名的作品〈旋轉木馬〉[2]，不難發現，其展現出尹玲童詩創作音樂節奏、視覺思維、異國文化與情感連結等諸多特色。

詩中的「旋轉木馬」意象可謂是貫串全詩的象徵，以及開展結構的核心，不只是節奏上的形式重複，更代表著時間的轉動、記憶與情感的延續，以及夢想的追尋。首先，詩作每一個段落的開場皆是「旋轉木馬　○○○○」，第一段是動態描摹「轉呀轉的」，緊接著，轉動節奏到了第二段開始以聲音的形象出現，第二段至第七段都是擬聲詞，依序為「達達達達」、「叮叮叮叮」、「噹噹噹噹」、「咚咚咚咚」、「登登登登」、「丹丹丹丹」，連續

1 尹玲，〈旋轉木馬〉，《旋轉木馬》（台北：三民書局，二〇〇〇），頁十至十三。

2 同前註。

四個相同的字構成重複節奏，呼應著旋轉木馬繞圈運轉的動作，節奏或高或低的音響像是旋轉木馬啟動後的上下起伏。

值得注意的是，疊字選用的六個聲音詞聲母均為「ㄉ」，發音具有相近度卻又存在差異，「達」是馬蹄聲、發條轉動的聲響，「叮」是鈴聲、音樂盒的樂音，「噹」是鐘聲，「咚」是鼓聲、落水聲，「登」是交響曲開場的音樂聲，「丹」是金屬撞擊聲，詩人運用語言譜出音樂旋律，不同的聲音詞讓讀者不只是閱讀文字，還能在心裡浮現聲響。

其次，全詩總計出現四種顏色的木馬，帶領孩子通過想像力來一場世界旅行，每一種色彩的木馬都是進入異國的媒介，開啟童話般的場景，紅色木馬的地景是與奧地利相關的多瑙河、華爾滋，白色木馬的地標是法國巴黎的鐵塔與塞納河，藍色木馬的景觀是德國黑森林與天鵝堡，橙色木馬則是回到童年記憶，家鄉的晨光與溪流。其中木馬的騎乘者並非從頭到尾皆以「我」出現，而是「紅色木馬」、「白色木馬」、「藍色木馬」、「橙色木馬」分別搭配「你」、「她」、「他」、「我」，人稱的轉換意味著共通經驗與個人經驗的交替，旋轉木馬或許是童年的共同記憶，但每一個人懷抱的夢想與回憶都是獨一無二的。

再者，仔細思考木馬的顏色，其實不僅是詩人寫給孩子的世界地圖，更蘊含著詩人的生命歷程與情感，擁有法國巴黎第七大學文學博士學位的尹玲是越南僑生，深受中國、越南、法國多元文化的浸潤，而紅色、白色、藍色三個顏色正是法國國旗的顏色，越南國旗由紅色與黃色組成，紅色加上黃色正是橙色，由此觀之，四種顏色的木馬並非偶然，亦反映出尹玲對於成長旅程的回望。也或許每一種顏色的木馬都象徵著夢想的召喚，隨著木馬的旋轉漸漸展開，一圈又一圈的圓形運動是時間的暗示，同時隱喻著追尋夢想的旅程，想像力就是穿梭世界的鑰匙，即使看似原地打轉，又何嘗不是一種前進!?只要心中依然記得屬於自己的旋轉木馬，夢想就有飛翔的能量。

【詩歌】網起一河星月

黃昏在河面上
輕輕落下
夜
慢慢升起

漁船是一盞一盞
螢火蟲似的燈
遠遠的眨眼
將呢喃細語
溫柔地互相傳送
我們駕著一葉小舟
斜斜地躺著

傾聽魚兒向空中浮雲
喁喁低訴

待夜升到頂點
月亮和星星睡入水底
我們緩緩高舉
夢幻織成的晶瑩絲網
撒入靜待的河心
網起一河星月

【詩歌】與圓月有約

這兩行長長
無止盡的
懸掛的圓圓燈籠
像不像一條河
在晚風中隨波蕩漾
繪畫出來的圈圈漣漪
那林蔭大道兩旁
綿延不斷
閃爍的小燈網
像不像密密的星辰
在夜色裡蜿蜒的夢幻之路
引領我們飛向天際

【詩歌】網濤

其實我並不想
網住任何東西
媽媽
這只是一個小小綠網
用來網住涼涼空氣

當然
如果能夠
我真想網住這些浪濤
拍湧之後退散的節奏
讓我在許多年後
依然可以向您開展

藍色海邊捲起多少層
我們恣意潑灑的歡笑
晴空緊貼碧水
亮麗的夏陽
挑動海水特有的樂聲

【詩歌】翱翔在網路上

先按開啟
電腦聽話打開
它最大的一扇門
讓我們做最美
最好的一次遠足

我們可以跟它
來一場益智遊戲
找同義字　反義字
如何帶領小烏龜
從迷宮中順利出來
造一個文法全對

詞彙優美的句子
在幽暗的森林中
救出被困的貓熊

遊興濃時
我們可以遍遊世界
或者
伸展長長的雙翼
無拘無束
在各式各樣的網路上
自由自在地翱翔

【賞析】李桂媚

自然到科技——尹玲童詩的「網」形象

詩人尹玲的文學養分涵蓋越南、中國、法國文化，她的成長背景讓不少研究者都關注到她的戰爭書寫與旅行書寫，然而，相較於她廣為人知的詩人、文學社會學研究者、法文譯者身分，卻鮮少人注意到尹玲曾創作童詩集。

出版於二〇〇〇年的《旋轉木馬》，尹玲在序文裡自述：「大部分是我女兒兩歲半至七歲時的語言」、「以最純真的心，用最純真的感情，記下女兒的『純真』和『想像』」[1]，書中收錄有二十首童詩，或選用自然意象開啟想像世界，或結合異國文化刻畫童年，其中，〈網起一河星月〉、〈與圓月有約〉、〈網濤〉、〈翱翔在網路上〉四首童詩皆運用到「網」意象，從船上的漁網、路燈構成的燈網，到將海浪編織成網，再到抽象的回憶之網、科技時代的網際網路，透過不同時空、不同情境之「網」形象，傳達從自然到科技的多重意涵。

1 尹玲，〈純真與想像〉，《旋轉木馬》（台北：三民書局，二〇〇〇），頁五。

「網」是用來捕捉的器具，不單是捕魚，更可以捕捉風景與夢，童詩集裡的第一首詩〈網起一河星月〉，最末段寫道：

待夜升到頂點
月亮和星星睡入水底
我們緩緩高舉
夢幻織成的晶瑩絲網
撒入靜待的河心
網起一河星月[2]

時間從黃昏進入夜晚，河面映照出星空靜謐動人的景象，「網」不只是漁網，更是觀賞者與自然對話的媒介，這片以心編織出的「網」同時是夢之容器，用於捕捉星星與月亮的倒影、夜晚詩情畫意的一切，將自然界美麗的夜景珍藏在腦海裡。

2 紫鵑：〈河流裡的繁花——專訪詩人尹玲〉，收錄於楊宗翰編：《血仍未凝：尹玲文學論集》（臺北：釀，二〇一六年），頁二四二。

不同於〈網起一河星月〉描繪自然界的夜景，〈與圓月有約〉[3]則是以城市夜晚的燈景為描摹對象，整首詩十二行刻意不分段，在形式上即呼應著兩排路燈延伸的形象。詩中「懸掛的圓圓燈籠」可以從字面意義解讀為具象的燈籠，也可以看作圓圓的燈泡被比擬為燈籠，在詩人筆下，街道兩側「閃爍的小燈網」像是綿延的天河，也像是閃耀的星辰，彷彿就是能夠通往天際的「夢幻之路」，「燈網」不僅形成獨特的視覺形象，亦連結起空間與想像，成為現實與夢想的橋梁。再者，詩中的「燈籠」與「燈網」屬於人為光源，詩題的「圓月」是自然界的光源，兩者並置揭示了自然到科技的過渡，光之網或許正是社會變遷與文明發展的另一種見證。

童詩〈網濤〉[4]延續運用自然意象之特色，詩中的「網」同樣橫跨了物理世界與心理世界，儘管詩作甫開場就闡明：「其實我並不想／網住任何東西」，但詩中我終究想要努力

3 「一九六八年（戊申）越共假借停火協議發動的春節總攻勢「大崛起」之前，你們這一代的「文青」應該是南越華文文學史上最積極、活潑好動、熱愛成立詩社文社、舉辦各類文藝活動最多的一群，儘管自一九五四年南北越對峙之後烽煙處處。而戊申一九六八春節戰役慘烈殘酷，讓整個南越在越共「無縫不燒」的「用心」下，幾乎「淪陷」入「死亡」邊緣的深淵。」，尹玲，〈六〇年代以及〉，收錄於楊宗翰編，《血仍未凝：尹玲文學論集》（臺北：秀威資訊出版社，二〇一六年），頁二七九。

4 尹玲，〈旋轉木馬〉，《旋轉木馬》（台北：三民書局，二〇〇〇），頁十至十三。

用心網抓住什麼，詩中的「空氣」與「浪濤」既是記憶裡的現實之景，亦是回憶與時間的象徵，「網住涼涼空氣」、「網住這些浪濤」，一方面試圖捕捉無形的空氣、流動的浪濤，另一方面，嘗試靠「網」來打破時間的框架，透過「網」的束縛來凝結轉瞬即逝的情感，留住童年時期與母親共同經歷的快樂時光，期盼只要張開「網」就能重拾從前的笑聲。

收錄在《旋轉木馬》的最後一首詩〈翱翔在網路上〉[5]，進一步從自然天地走向科技世界。虛擬世界的「網」是一處自由開放的場域，提供休閒娛樂、教育學習以及接觸多元領域的平臺，打開電腦之後，網路就是「最大的一扇門」，引領使用者展開探索的旅程，網路不僅僅是建構知識的空間，更是通往全世界的入口，為未來創造無限的可能，讓孩子擁有「遍遊世界」、「無拘無束」的科技翅膀。

「網」可以說是小朋友們觀察世界、收藏想像的重要媒介，尹玲透過自然之網、光之網、情感之網、資訊之網，與童年回憶與科技發展對話，為孩子編織出充滿夢想的世界縮影。

---

5 尹玲，〈與圓月有約〉，《旋轉木馬》（台北：三民書局，二〇〇〇），頁三十至三十一。

輯三

詩的隱遁術

【詩歌】驚豔——再訪柔燈堡

冉冉昇起
紅瓦　如丹楓焚燃　自八月
那極目的綠
那總也不暮的黃昏

蜿蜒著
護城河仰吻的城牆
照映過百萬顆珊瑚般的落日
城樓殷勤扶持鐘塔
共同輕撫每一分秒的流逝
進出窄窄城門
如進出歷史的

疊疊足

蜿蜒著
千種花　千種深深淺淺的夢
跌入張臂歡呼的千窗
粉蝶終於知道如何翩躚
如何唱桃之夭夭
逗得人人笑紅了臉
逗得店鋪前懸著的店招
飛向中世紀的氛氳

蜿蜒著
彎彎的青石路
馬蹄踏著柔燈堡的月亮睡去
睡醒了西貢的溫柔

臺北的繁囂
巴黎的安謐
睡醒了大馬士革回教徒的鬱鬱祈禱
巴米爾沙漠古羅馬帝國的唏噓
和你如此
如此德意志古典的浪漫

蜿蜒著
十六世紀的風華
絕代　緩緩流過
流過四百年　日　月　江　河
注入二十世紀末的夜空

擁你萬次
悸動仍如初度雪中的驚豔

後記：柔燈堡（Rothenburg of Der Tauber）位於德國中部，在紐倫堡（Nuremberg）和海德堡（Heidelberg）之間，離紐倫堡約七十公里。城建於透波（Tauber）河上，為巴伐利亞古城之一，居民約一一七〇〇人。小城精緻美絕，城牆環繞，城樓鐵塔，掩映其間；堡壘古蹟，民舍店鋪，盡存哥德式和文藝復興時代遺風。一九八七年八月十九日再訪柔燈堡，距第一次一九八一年末已近六載。仲夏柔燈堡的風情萬種，再臨心猶悸動，仍如初度雪中的驚豔。

寫於一九八七年十月十四日

刊於一九八七年十二月三十日《中華日報副刊》

（本詩見於尹玲《當夜綻放如花》，頁一一五至一一七）

柔燈堡的驚豔，不只初見

尹玲〈驚豔——再訪柔燈堡〉賞析

【賞析】陳琪璇

詩題寫道「驚豔——再訪柔燈堡」，可以揣想詩作內容是旅行所見聞，可又因為「驚豔」跟「再訪」，引起更多好奇與猜想，再訪相同地點，還能有驚豔的感受嗎？細讀尹玲此詩，對柔燈堡的「驚豔」一詞，絕非誇大，雖然最末段才出現，作為總結式對柔燈堡美景的驚嘆，濃烈的情感也在「擁你萬次的悸動」中綿延。此外，最醉人的語言，還有那句句不提驚豔，卻以溫柔、富有情感的文字，構建起一幕幕畫面，從紅瓦、城牆、鐘塔、城門……，詩作各段堆疊起柔燈堡的多種面貌，帶領讀者身歷其境，彷若跟著詩人旅行的腳步，也去了趟柔燈堡，體驗這座城市的萬種風華。

詩作首段便以紅瓦、極目的綠、不暮的黃昏，多種色彩來開展，儼然一幅印象派的畫作在眼前，而「冉冉昇起」更與「如丹楓焚燃」兩相呼應，讓紅瓦頓時多了點燃燒著的動態感與生命力，不僅僅是色彩上的強調與渲染。而第二到第五段均以「蜿蜒著」作為開頭，是實景街道的描繪，是詩人的行進軌跡，同時也是詩作節奏上的韻律雜沓，暗示著詩人（與讀者）一步步深入了解柔燈堡的旅途。

詩人對柔燈堡濃烈的愛與情感，在第二段就展露無遺，而這份喜愛，也延續到其他段落，成為此詩的底色。護城河「仰吻」城牆、城樓「殷勤扶持」鐘塔，藉由擬人化的詞彙，護城河與城牆的地理關係，重新擁有了浪漫深情的詮釋，顯現兩者的親密，再來則是城牆照映百萬顆珊瑚般的落日，「百萬顆落日」表示百萬次的日子，象徵時間的流逝，與下幾句鐘塔、分秒、歷史都有所呼應。城樓與鐘塔間，詩人再次巧妙運用「殷勤扶持」，既可以呈現城樓與鐘塔相倚，又能堆疊出情感層面，是一種踏實、信賴、長遠的關係，下一句的「共同輕撫」每一分秒的流逝，增添不少溫柔細膩的情感之餘，也讓時間流逝，這原先可能令人感傷的事，變得輕快許多。「進出窄窄城門」到「疊疊足印」幾句，則從想像的情感中，拉回實景，但又加以「歷史」的厚度，我們彷彿能看見詩人在城門進出，邊走邊若有所思懷想歷史的情景。

緊接著「蜿蜒著」暗示即將體驗柔燈堡的另一種風采，詩人在第三段，用千種花、夢、窗、粉蝶等意象，以及「桃之夭夭」的詩經典故，使詩作節奏變得輕快活潑，畫面多采多姿。「粉蝶」的自在飛舞、唱「桃之夭夭」，貫穿此段落，特別是「桃之夭夭」，巧妙運用詩經的典故，畫面上增添花團錦簇、茂盛美麗的想像，又因原意是形容女子婚嫁時的明媚，所以才能「逗得人人笑紅了臉」，店招的飛揚，對靈動活潑的段落節奏，亦有加乘效果。在前面的勝景鋪墊下，最後一句再寫道「飛向中世紀的氛氳」，不僅中世紀的繁盛景象被烘托出來，更因「飛」一字，製造出類似電影轉場的效果，隨著詩句的精采描寫，彷彿穿越時空遙想了中世紀此地的樣貌。

第四、五段，則是相對靜謐的氛圍，如同詩人所描寫，馬蹄踏著柔燈堡的月亮睡去，藉由「西貢的溫柔、臺北的繁囂、巴黎的安謐」的睡醒，似乎新的一天重新展開，而不同城市的個性，在同個時刻各自展現並存在著，當然，也能理解成西貢、臺北、巴黎的個別印象，來自詩人的回憶與經歷。在這三個城市的描寫基礎上，回教徒的鬱鬱祈禱、古羅馬帝國的唏噓、德意志古典的浪漫，也跟著甦醒。對詩人來說，柔燈堡或許就是個充滿包容性，蘊含古今氣息之地吧，無論是溫柔、繁囂還是安謐，或是鬱鬱祈禱、唏噓、浪漫，都是柔燈堡的一部分，這些氛圍情景都能被安放，而眾人只要在充滿魔力的柔燈堡，就會忍不住遙想古今，以及各城市的面貌，特別是柔燈堡的本來面貌「德意志古典的浪漫」。在穿梭古今之後，詩人再次強調柔燈堡是個擁有四百年、十六世紀風華的地方，這些歷史風貌，緩緩累積、流淌，並注入二十世紀末的夜空，詩人才得以享受再訪小城的驚豔。

最末段，「擁你萬次／悸動仍如初度雪中的驚豔」，表達出詩人對柔燈堡的情感，是真摯且深情，「擁你萬次」與「初度雪中驚豔的悸動」，也形成強烈對比，來襯托出即便是親密地「擁你萬次」，或是「再訪」這座城市，柔燈堡總能給詩人驚豔的感受，此中原因為何，詩人已經盡數寫在前述段落的詩句中，柔燈堡的風情萬種、迷人之處，在尹玲深情的筆下，更顯熱烈、寧靜、活潑、生意盎然、歷史氛圍濃厚、浪漫……，何其有幸，讀詩彷若一趟深度旅行，詩人被柔燈堡驚豔，讀者又何嘗不是被詩人的文字所驚豔！

【詩歌】構造巴黎鐵塔——試以結構主義解讀鐵塔

參觀鐵塔　是為了
參與構築一個夢幻
探索一件鏤空雕塑的內部
塔內空無一物　只有空氣
流動著艾菲爾的眼神
無處不在

登臨鐵塔
我們要理解和品味
巴黎的最初本質
我們在讀解一個世界
譯碼符號背後的真正意涵

鐵塔俯照塞納
巴黎便由一個城市
蛻為一種自然
人潮流成串串風景
嚴酷冷漠的都會神話
悄然溶化
氛圍因而和諧鬆懈
我們正實踐著結構主義
不知不覺之中

攀爬鐵塔　就是
攀爬層層浪漫
通道環行　如此單純又
深刻地臨近一種景象
我們試著構造　再構造

心中浮起一座
感覺加上記憶
再加上眼前風景的
艾菲爾鐵塔

刊於一九九一年六月　《詩象》叢刊第一號

寫於一九九一年四月廿二日

收錄於尹玲《當夜綻放如花》，自印，頁一〇四至一〇五。

【詩歌】提問羅蘭・巴特

多年以來
我多想成為那個零度
像你建議的那樣
全然透明　一種中性
純潔的白色書寫
完全自置局外
不
介
入
然而　在巴黎的雲煙裡
我卻忘了問你
一九八〇年二月二十五日下午

法蘭西學院前
你為何又願意介入
學院路上那輛卡車
絕對自置局外
轆轆滾動的
十輪之下

誤讀

寫於一九九六年十二月二十一日
可參《一隻白鴿飛過》，頁一六三至一六四

【詩歌】拒絕吸管

的確
我只習慣法式美酒

紅寶石液體
侯希德或柏翠斯
鬱金香初放似的
水晶杯中搖曳
只需室溫
不加任何外物
不佳冷冷冰塊半絲

或者　敦・貝麗濃

金色泉水一樣噴湧
還有　羅杭・貝利葉
沖擊奔放的粉紅酒柱
剔透在精緻的簫形高杯裡
於瓶內即已冰甘如雪

拒絕塑膠吸管

以柔軟的雙唇
輕觸杯沿
細膩的舌　緩緩擁攬
顏色　芳香與滋味
經由長長曲廊
婉轉進駐心底
多情又深深地品嘗

月色之下
閃爍著燭光和星光
在潮聲輕伴的蔚藍海岸

（本詩見於尹玲《髮或背叛之河》，頁八十一至八十二）

【賞析二】陳徵蔚

無言之歌

尹玲在〈提問羅蘭・巴特〉中，談到了這位法國符號學、結構主義大師在早期作品《寫作的零度》（*Le Degré Zéro De L'écriture*）中所提及的觀念：書寫應該藉由文字結構透明地傳達意義，而不該帶有個人風格、政治傾向與意識形態。

誠如詩人所述，創作的理想境界是「全然透明　一種中性／純潔的白色書寫」。一位創作者只須客觀地展示事實，而不必主觀地加油添醋。因此，詩中說，作者應該「完全自置局外／不／介／入」。

然而，令詩人感到不解的是，如此一位強調「置身事外」的理論家，為什麼在一九八〇年二月二十五日下午，親身參與了一場死亡車禍？根據記載，羅蘭・巴特當天在出席完法國總統候選人密特朗（François Mitterand）所主辦的宴會後，在返家途中遭到卡車撞成重傷，一個月後傷重不治，享年六十四歲。

詩人叩問：「你為何又願意介入／學院路上那輛卡車／絕對自置局外／轆轆滾動的／十

輪之下」長年浸淫於法國文化的詩人絕對知曉，羅蘭・巴特在發表〈寫作的零度〉的十四年後，寫下了著名的〈作者已死〉（La Mort de L'auteur）。這篇論文，讓他從結構主義逐漸走向解構。當時的他，或許不再強烈信仰文字結構可以忠實、透明地傳達意義，卻開始認為作者在創作結束後，就失去了對自己作品的詮釋權力，讀者可以任意詮釋文本，甚至拆解、誤讀，無限創造意義。

倘若，死亡是保持沉默，留予後人評價的最終極方式，那麼羅蘭・巴特無疑是身體力行了這個方法。而詩人最後一行的「誤讀」顯然是明白這一點的。只是，即使有了這層理解，羅蘭・巴特之死，仍然令詩人惋惜吧？

在〈構造巴黎鐵塔——試以結構主義解讀鐵塔〉中，詩人以「塔內空無一物　只有空氣／流動著艾菲爾的眼神／無處不在」來說明這座完工於一八八九年的擎天鋼鐵結構，如何成為法國的集體潛意識與文化象徵。

羅蘭・巴特在《神話學》中的〈艾菲爾鐵塔〉中，論述了這座沒有實用功能的裝置性結構，其實具有強烈的文化符號象徵。艾菲爾鐵塔不但宣示了當時法國的建築工藝水準，同時也撐起了法國人的驕傲與尊嚴。羅蘭・巴特說，這座鐵塔「什麼也沒做，但卻代表了一切」。

詩人選擇置身鐵塔中，而非從旁觀看鐵塔，正是呼應了羅蘭・巴特在文章中所論述「艾菲爾是唯一在巴黎無法看見自己的地標」。即使在巴黎的許多地方，人們都可以看見艾菲爾鐵塔；然而置身於鐵塔本身之中，正好是讓「觀看」與「被觀看」相互抵銷的「零點」。

這正如我們自身可以用雙眼觀看世界，卻無法自見一般。詩人道：「我們正實踐著結構主義／不知不覺之中」；然而令人失笑的是，身處鐵塔的「結構」內，卻是「解構」的核心。雖然如此，艾菲爾卻又如謬思般，是激發人們創作靈感的泉源，有多少作品因它而生。因此，它也是創作與靈感的，意義生成的「原點」。

在法國文化符號中，除了艾菲爾鐵塔外，當屬美食與美酒了。尹玲在〈拒絕吸管〉中，建構了一個優雅、高尚的神話符號：啜飲、品嘗葡萄酒時，不會有人使用吸管，而是「以柔軟的雙唇／輕觸杯沿／細膩的舌　緩緩擁攬／顏色　芳香與滋味／經由長長曲廊／婉轉進駐心底／多情又深深地品嘗」。以這樣的方式，委婉而美麗地鼓吹著「拒絕吸管」的觀念，著實別出心裁。

從侯希德、柏翠斯，到敦・貝麗濃（Dom Pérignon）頂級香檳，詩人用知名葡萄酒的名號，連綴出了一片充滿品味的生活模式，相對於使用吸管的速食文化，顯得有質感得多。生活品質的提升，同時也帶來了海洋生命的救贖。「月色之下／閃爍著燭光和星光／在潮聲輕伴的蔚藍海岸」，或許海龜的鼻孔不會再插著吸管，而海洋或許能夠逃文明垃圾的汙染。

尹玲的作品，充滿了與法國文化社會理論的連結，以及對於世界，乃自於大自然的關懷。從她的作品中，讀者得以深思、觀照，進而欣賞詩人以一種出淤泥而不染的姿態，傲立俗世中，猶如孟德爾頌的無言之歌，令人聆之忘憂。

【賞析二】李鄢伊

試論〈構造巴黎鐵塔——試以結構主義解讀鐵塔〉

〈構造巴黎鐵塔——試以結構主義解讀鐵塔〉這首詩用細膩而豐富的筆觸，將巴黎鐵塔這一具體存在，轉化為一場思維的旅行。透過詩人對鐵塔的觀察，詩的每一層描述都像是對結構主義哲學的註釋。

初探鐵塔：符號的存在與空無的意涵

詩的開篇，詩人便以「參觀鐵塔」作為出發點，將這一行為賦予了更深刻的哲學層次。「參觀鐵塔　是為了／參與構築一個夢幻／探索一件鏤空雕塑的內部」這兩句話所指涉的，是一場精神與心靈的旅程。當詩人提到「鏤空雕塑」，我們立刻聯想到鐵塔的結構性美學，彷彿是將現實的具體形態與無形的夢幻世界相融合。然而，詩人隨後提到「塔內空無一物只有空氣」，這一點引起反思。空氣，這個看似透明無形，卻是構建一切事物的基礎，它無處不在，但又難以捉摸。在這裡，空氣不僅是物理上的元素，它更象徵著精神上的無形力量，象徵著符號背後那永遠無法完全理解的隱藏結構。

結構主義認為事物的意義並非固定不變的，文本也是由一系列符號、關聯和語境構建起來的。鐵塔作為符號，不僅僅是一個物理實體，它的存在意味著我們對世界的理解已經不是單純的「見物識人」，而是通過每一個細節、每一個空隙，來探索更深層次的意義。

理解巴黎：從具象到抽象的符號轉換

接下來，詩引導我們進入一個更深的層次：「登臨鐵塔／我們要理解和品味／巴黎的最初本質」這時，鐵塔不再只是冷冰冰的金屬結構，而是一個被賦予了生命的符號。這也體現了結構主義中的核心思想：文化並非單一、固定的實體，而是一個複雜的符號系統，系統中的每個元素都在與其他元素的關係中找到了它的位置。

其實每一座建築、每一個符號，都在試圖告訴我們某種深層次的真理。在結構主義的視角下，鐵塔不僅是一個形態的存在，它的每一根鐵柱、每一個鋼索，甚至每一寸空氣，都蘊藏著不為人知的意涵，這些意涵不僅來自於鐵塔本身，還來自於它與巴黎、與世界、與我們自身的關聯。

城市的蛻變與結構的重構

「鐵塔俯照塞納／巴黎便由一個城市／蛻為一種自然」，這句話帶有強烈的詩意，並且讓人感受到一種意義上的轉換。鐵塔不再只是簡單的建築，而是變成了自然的一部分，與塞納河、巴黎的街道共同構成了一幅流動的景象。這是對都市的重新定義。城市，這個常被視為現代文明的象徵，在詩中卻被賦予了自然的特質。這一點令人聯想到另一位文學大師卡夫卡的作品，在《城堡》中，城市不僅是一個物理的空間，更是心靈處所。鐵塔所折射出的，是一個由現代文明、自然景觀與人類心靈交織而成的複雜結構。在這個結構中，每一個看似獨立的元素，實際上都在相互作用，共同塑造出一個更大的意義體系。

浪漫的攀爬：結構主義的詩意實踐

詩的最後，詩人進一步探討了「攀爬鐵塔」的過程。「攀爬層層浪漫／通道環行　如此單純又／深刻地臨近一種景象。」「攀爬」象徵著對浪漫與理想的追尋，這是一種心靈上的攀登，每往上一層，都是對自我認知的挑戰與升華。

「我們試著構造　再構造／心中浮起一座／感覺加上記憶／再加上眼前風景的／巴黎鐵塔」，詩人描述的並非單純實物，而是心靈對鐵塔的多重建構。每一個人的經歷，都在這座建築的空間裡找到了意義。這一過程正是結構主義的精髓所在——不是物體本身具有意義，而是我們這些觀察者，賦予它形上的意義。

結語：結構主義的深層意涵

整首詩的語言充滿層次感，從具象到抽象，從物理空間到心靈世界，每一層都在傳遞一種結構主義的思想。詩人通過細膩的描寫，讓鐵塔這一具體的物體變成了多重意義的符號，這些意義並非固有的，而是透過人類的感知、記憶與文化背景而不斷構建出來。詩人最終告訴我們的是，巴黎鐵塔不僅是一座現代建築，它已成了鮮活符號，承載著無數的情感、歷史與思想。

#【詩歌】另外一種結構——致羅蘭・巴特

聽聞評析被誤讀成譯介
輾轉傳播的小序被奉作書寫本身
你當肅然起敬
在空中來一招日本式敬禮
那符號帝國的典型符號
或是正在會心微笑
滿意於人們終要中計
墮入你預置的小小陷阱

你會再次攀爬艾菲爾鐵塔
一千六百五十二個階梯架起
一級級構築的夢幻或

一層層存有的浪漫
探索空如空氣滿如呼吸的鐵塔內部
至塔頂解讀巴黎真正的最初本質

巴黎其實只似一篇文本
閱讀性或者寫作性
端視讀者具備的譯碼能力
也許結構也許解構
全在他立足塔腳還是尖頂

但你說巴黎因鐵塔而
融為一片自然
人潮流湧成變動的風景
我同意並且欣然
且待今夏我二度探訪

你在白園納的童年故居
聽你如何解讀
巴斯格風情那另外一種結構

寫於一九九一年五月十日

刊於一九九一年五月廿二日《中國時報》人間副刊

（本詩見於尹玲《當夜綻放如花》，頁一三九至一四〇）

【賞析】陳政華

立於鐵塔看巴黎——讀尹玲的〈另外一種結構——致羅蘭・巴特〉

本名何金蘭的尹玲，曾留學法國，獲法國巴黎第七大學文學博士學位，在學術研究方面，受羅蘭・巴特（Roland Barthes，一九一五～一九八〇）影響深遠，並浸淫羅蘭・巴特研究。在其詩作中，也不乏看到巴特及其結構主義的影子，如〈構造巴黎鐵塔〉，試圖以巴特的結構主義解讀艾菲爾鐵塔，進而理解巴黎的本質，以及將鐵塔解構後，感知其譯碼符號背後的真正意涵；〈提問羅蘭・巴特〉共兩段，首段從取材巴特作品《寫作的零度》，提及詩人多想成為巴特筆下的「零度」，「全然透明　一種中性／純潔的白色書寫」，以一種不介入、不摻和的中性論述著手；末段卻反問巴特，明明不介入寫作，卻「為何又願意介入／學院路上那輛卡車／絕對自置局外／轆轆滾動的／十輪之下」（〈提問羅蘭・巴特〉）。詩名雖為提問，實則是對於巴特死於一九八〇年的交通意外的哀悼與不解。此外，還有截句詩〈零度書寫〉以及〈如何解讀〉等，也是與羅蘭・巴特密切相關。

收入於尹玲詩集《當夜綻放如花》的〈另外一種結構——致羅蘭・巴特〉，作於一九九一年，也是巴特逝世十一年後，對其人其文的致敬。全詩分四段，首段「聽聞評析被誤讀成譯介／輾轉傳播的小序被奉作書寫本身」，從巴特「作者已死」的宣告切入，當作者從作品中分離出來，文本的詮釋權則全權由讀者決定，當讀者將評析視為譯介，文前小序被看作本文，這是不是就形成一種誤讀？詩人想像讀者的誤讀，其實是巴特刻意為之的陷阱，使讀者落入文本詮釋的窠臼。

二段則想像巴特攀爬艾菲爾鐵塔，在一千六百五十二層的階梯中拾級而上，感受鐵塔充滿夢幻與浪漫，直至塔頂解讀巴黎真正的最初本質。然而巴黎的真正的最初本質為何？自文藝復興以來，巴黎作為時尚與美的代名詞，理當無法接受各種醜陋的事物。然而為了巴黎世界萬國博覽會而建造的艾菲爾鐵塔，高聳矗立在巴黎的街頭，顯得非常的突兀，當時的藝術家，反對建造如鋼鐵巨獸般的鐵塔，認為其無用且可怕，還會破壞城市的美感，並稱其為「醜陋的鐵傢伙」，畢竟只要在巴黎街頭，就會看到鐵塔的身影，除非登上鐵塔，因為那是在巴黎唯一一處不一定看見鐵塔的地方，唯有置身於其中，才能視而不見。

到了第三段，詩人想像整座巴黎城市，不妨可視為一篇文本，讓讀者從鐵塔的視野看巴黎，無論是從塔頂或塔下，從閱讀或寫作的角度，進行譯介、詮釋，都可以對這座城市進行結構或者解構，這同樣是對於巴特的符號學、作者已死等理論的致敬。然而幾百年下來，鐵塔儼然成為巴黎的註冊商標，形成一種記憶符碼、文化的象徵，無論何時何地，只要提到巴黎，無不與鐵塔相提並論，詩人在末段贊同巴特所說「巴黎因鐵塔而／融為一片自然／人潮流湧成變動的風景」。「巴黎／鐵塔／人潮」，三者相互輝映，融合成一道道自然風景。

巴特立於鐵塔看巴黎，看巴黎的結構與解構；尹玲在塔下看巴特，看巴特的另外一種結構。

【詩歌】芙閣綠姿泉寫真

巨幅峭壁宛如高背長椅
懸岩是你攲臥的石枕
一拱小小山洞
能挽攬多少歲月
潭深深幾許
洞洞碧水眠成一泓無爭的靜謐

水面之下卻是一千一萬年曾經翻湧
史前的風終究縹緲如上古的塵
只是泉水奔騰成輪的泡沫
從羅馬人挖掘的無數地道
急急噴湧

跳躍喧嘩在高低的岩石上
激情過後
又蜿蜒成潺潺的一彎綠姿
悠悠流向更深邃的未來之洞

肯定是桃花源記未寫的另一半
從五柳先生筆下奔逸　悄然
化作一縷綠色氤氳
飛越時空避棲於此
讓後世的中國人
徒勞尋覓至今

精美直若一枚翡翠
水源則是無人能訪的
最高神祕

後記：美閣綠姿泉（Fontaine-Vaucluse）在法國南部普羅旺斯（Provence）省境內，距阿維農（Avignon）約二十五公里，居民五百餘人。小村即以此地下水湧泉聞名於世，為意大利著名詩人佩特拉加（Francesco Petrarca 一三〇四～一三七四）所鍾愛及隱居之地。村口有小廣場，中心矗立一紀念佩特拉加五百歲冥誕而建的碑柱。左邊一條路通往湧泉，實則小路傍水而闢，路旁古木參天。由岩石懸崖峭壁形成的山洞在小路盡頭。洞內碧水終年靜止如鏡，水深莫測。洞外泉水由地底無數地道急速湧出，奔流大小岩石之上；春冬二季水位高時更為壯觀，流水量每秒可達一百五十立方公尺，夏秋二季則降至八立方公尺。至岩石少處，水勢稍緩，水面漸寬，其色晶瑩剔透，綠如翡翠。一段坦路之後，巨石再現，因地勢由高而低，至此盪擊益暴，終匯成一股巨大瀑布，在村口廣場小橋邊奔注直瀉，水聲震耳。水過小橋後，又是一彎碧溪，蜿蜒向南行。當地人云，泉源至今仍未尋著。

一九八五年六月二十三日及一九八八年八月四日兩度來此，小村景色宜人，安詳寧靜，令人難忘。兩次均流連竟日，不忍離去。

寫於一九九一年六月七日

刊於一九九一年六月廿二日　中華日報副刊

（本詩見於尹玲《當夜綻放如花》，頁一一二至一一四）

【賞析】沈郁翔

從自然到詩的隱遁術：看〈芙閣綠姿泉寫真〉

這首詩以地景為題，卻不流於自然寫生，而是藉由泉與洞的描繪，開展一場潛入文明幽影與語言邊界的探索。〈芙閣綠姿泉寫真〉所要書寫的，並非純粹可見的泉源，而是泉水背後那層層疊疊、靜而不語的歷史構造與詩性想像。詩人在自然景觀中召喚記憶與文明的碎片，使每一道水流、每一層石紋皆蘊含可供咀嚼的文化深度，亦是對時間與存在的哲學凝視。

藉由透過景象擬人的動態感與空間感轉瞬即變的換場，詩作呈現出如同電影蒙太奇般、身歷其境的敘事節奏。詩開首以「巨幅峭壁宛如高背長椅」、「懸岩是你敧臥的石枕」兩句，將山岩擬人化為供人憩息的空間器具，實則轉換了觀看世界的視角。讀者不再是置身景外的旁觀者，而成為地景的親密接觸者。這種轉化讓自然浮現出柔性的精神容納力，也邀請讀者步入詩意化的空間思維，從中感受自然萬物潛藏的靜謐與靈性。詩人將地景視為容器，不僅承載風貌，也盛裝靈魂，使詩句既是觀看亦是感知的通道。

隱在這股自然之後的，是作為歷史與文明的時間積累象徵。詩的中段逐步引領我們沒入時間的深層：「水面之下卻是一千一萬年曾經翻湧」，這一層以潛水象徵對人類文明史的追溯，既是空間的潛行，更是知識與感性的下潛。從表層視覺轉往深層知覺的寫法，使詩意不只是停留於表象，而進入深層結構的、記憶的、甚至是無法全然命名的文明幽影之域。「史前的風終究縹緲如上古的塵」、「從羅馬人挖掘的無數地道」兩段詩句具備跨文化與跨時代特質，凝聚出人類活動與大自然並存的證據與隱喻，顯示詩人不僅寫景，更在召喚歷史的幽靈與語言的失落。這裡的泉水，不只是地理現象，更是思想與象徵的滙聚之處。

詩作後段因其幽微詩性與對神祕源頭的召喚而漸轉向抒情與哲思。「肯定是桃花源記未寫的另一半」一句，不僅重新召喚了東方烏托邦的文化想像，也點出這泉水的特殊性：它既可能為理想之地的延伸，也可能是文化斷裂與失語的現場。當詩人提到「飛越時空遁隱於此」、「讓後世的中國人／徒勞尋覓至今」，不只是對文化追尋無果的感嘆，也是對記憶與歷史碎片化現象的詩學回應。結尾「水源則是無人能訪的／最高神祕」以一種幾近悖論的語調，道出詩之所以為詩，在於其無法完全揭示的本質。詩人將語言推至臨界點，在不可言說之處創造想像空間，詩也因此成為觀看與詮釋的永恆容器。

最後，詩作建立起詩與世界的遙想關係。整首〈芙閣綠姿泉寫真〉既寫泉，也寫生命之泉，它不只是風景詩，更是一首哲思之詩、象徵之詩。詩人藉由對靜態泉景的描寫，展演出時間的流動、歷史的沉積與語言的消逝，同時也召喚出一種文化上的「深層閱讀」姿態，使泉不只是自然現象，更是文明結構的外顯與潛藏。

這不是一首可快速閱讀的詩，而是一首值得反覆體會的詩。每一次重讀，都是再次潛入那「無爭的靜謐」，觸碰被文明、記憶、想像包藏的幽深之源。在此，詩既成為深潛之術，也是一種在不可知中尋求共鳴的詩學實踐。

【詩歌】如此流逝巴黎

你站在蜜哈波橋上
橋下仍流著一樣的塞納河
不一樣的水
世紀初的阿波里奈
世紀末的你

流著的是橋下的河水
還是橋上的你
以及你眼眸的亮
髮梢的光
和一隻羽翼疲憊的燕子

至於愛情
愛情終要西去
一如流水
一如那個夏天午後的薔薇
或年年河邊
梧桐葉子的開落

寫於一九九五年二月十四日

（本詩見於尹玲《一隻白鴿飛過》，頁一二六至一二七）

【賞析】江江明

愛情終將西去，人世何其漫長——淺談尹玲〈如此流逝巴黎〉

尹玲出生於一九四五年十月一日越南，獲臺灣大學中文系博士、法國巴黎第七大學東亞所博士。一九七九年尹玲毅然奔赴法國巴黎第七大學，取得學位後赴臺北定居並從事教職。尹玲的詩歌具有特殊女性書寫之細膩，以詩人之眼微觀生靈之苦，以傷敘事，如史如歌。白靈曾高度評價其詩，認為尹玲作品特色「是由死亡裡活過來的幡然醒悟，是對生命極度質疑後的強烈批判」。尹玲自越南來臺，曾歷經戰火與痛失至親之苦，詩作語言富含人文精神與人道關懷意識。〈如此流逝巴黎〉寫於一九九五年西洋情人節的二月十四日，詩人以靈視之姿傳唱阿波里奈的故事。

尹玲〈如此流逝巴黎〉以詩勾勒，娓娓道來紀拉姆・阿波里奈（Guillaume Apollinaire）的故事。詩人阿波里奈是法國著名詩人，他的詩作被雋刻在蜜哈波橋上，迄今仍為人津津樂道。阿波里奈與畫家羅蘭珊（Marie Laurencin）的愛情故事宛如戲劇，阿波里奈曾為羅蘭珊寫下無數的詩，其中著名的〈蜜哈波橋〉（Le pont Mirabeau，或譯作米拉波橋），即是紀念兩人相戀六年告終之作，詩中的名句：「光陰流逝而我卻留下／愛情像這流水一樣消亡／愛情在消亡／而人生卻是漫長」，才子佳人的愛情傳奇最終以離散收場，因為詩人的愛與才華並不只屬於羅蘭珊，而是屬於無數的情人，愛情灼熱滾燙，卻屢屢傷及摯愛。

〈如此流逝巴黎〉側寫阿波里奈與羅蘭珊的故事，詩人眼前是塞納河畔，巴黎的風景倒映在河水中，滔滔流逝，令詩人想起阿波里奈，同樣的巴黎，同樣的塞納河，彼此各據時空的兩端。在倒影的世界裡，眼眸的光與髮上的光，一如詩人所經歷的青春，遠去的粼光與短暫停留的燕子：「流著的是橋下的河水／還是橋上的你／以及你眼眸的亮／髮梢的光／和一隻羽翼疲憊的燕子」。無論是巴黎繁花之景，或是阿波里奈的愛情，甚至是詩人的生命感慨，最終都是無法留住，一如塞納河之流水遠去。

「至於愛情／愛情終要西去」，不只是詩人的哀愁，更是阿波里奈與羅蘭珊的悲劇，第一次世界大戰爆發後，阿波里奈奔赴戰場，於戰場上負傷回國，兩人最終走上各自的情感道路。阿波里奈因病逝世，得年僅三十八，離世前的歲月，他對舊情人仍念念不忘，數度寫信給羅蘭珊，羅蘭珊極珍視阿波里奈的文字，睹文思人，卻始終未選擇回到阿波里奈的身邊。羅蘭珊嫁作人婦，一度因西班牙間諜案深受牽連，後輾轉回到巴黎定居，將全副心思寄情於繪畫。羅蘭珊的畫作具有獨特的女性姿態，與阿波里奈詩作的語言鋒芒截然不同，且在當時眾多風格強烈且以男性為主體的法國諸多畫派中，自樹一格，優雅哀傷，兀自淡雅。

羅蘭珊生前的作品並未引起世人注意，卻在死後多年於東京拍賣會上風靡世人，她與阿波里奈這場水與火的世紀相戀，直到羅蘭珊死去後仍上演著傳奇。一九五六年在自家寓所離世的羅蘭珊留下遺願，要將阿波里奈生前寫給她的信件埋葬，永世相伴。〈如此流逝巴黎〉中的詩句「至於愛情／愛情終要西去」如同一則神諭，令人唏噓不已。西去的不只是愛情，還有人，無論曾經愛過或恨過的，一如河水繞彎洶湧，逝者如斯，終將止息。巴黎花都，大千世界，在塞納河畔的波光粼粼中兀自隱沒，尹玲筆下〈如此流逝巴黎〉不啻是一則愛情傳奇，更是浪漫之都的時代人物剪影，巴黎倒影皆流逝，千百年的河上風景，流淌的故事如河水，漸行漸遠，但河岸之外的牆邊，春夏秋冬，仍有薔薇豔麗綻放，梧桐凋落，年復一年的重生與死亡，周來往復，愛情終將西去，人世何其漫長。

【詩歌】書寫失憶城市

拆
　拆
　　拆
拆去一切
記憶的可能
唯獨留下
撒滿空中的口沫
企圖建構
通往天際的
虹

——尹玲：〈書寫失憶城市〉，《髮或背叛之河》，頁八十九。

【詩歌】一個人在 Joyce

靜享獨處
遺忘一座失憶的塵埃城市
及其獸類的叫囂

輕撫彷彿南歐的風
翻飛
逝去時光的支支
白旗

——尹玲：〈一個人在 Joyce〉，《故事故事》，頁二〇一。

【賞析】夏婉雲

記憶與失憶——賞析尹玲兩首小詩

二十世紀中葉，呂西安・高德曼（一九一三至一九七〇）創立文學理論「發生學結構主義」，尹玲以發生論結構主義來研究詩，找出詩中的思想、感情和行為，以細微的分析過程、延緩閱讀，呈現具意義又緊密一致的意涵結構。筆者也以此理論來分析尹玲的兩首與記憶和失憶相關的小詩。

（一）〈書寫失憶城市〉一詩賞析

筆者將尹玲〈書寫失憶城市〉詩放在歷史脈絡、社會結構中來詳細分析。我們先找出二元對立總意涵結構是「遺忘／留存」的關係。〈書寫失憶城市〉詩中的這城市有三層意思：

第一層指的是實體屋瓦的城市：現在這城市不是過去的城市，沒有過去的痕跡了，早被「遺忘」，只「留存」下老城的記憶某些人心中。

第二層指的是我內心的城市：是說過去城市真是太美好，它只「留存」在我的心裡，而且不會與別人相同，但面對新城市的面貌卻有「失憶感」乃至「虛幻感」，彷彿我是被城市「遺忘」的人。

第三層次是指政客對「共產理想」（虛構城市）的拆解：只剩下政客的口沫，越共表面上是共產主義，而骨子裡卻仍是向資本主義靠攏。

這個「遺忘」和「留存」的二元對立意涵結構或顯或隱，貫穿全詩。

一、遺忘／留存

平日被隱藏、難以窺探的心態，藉助哭喊拆光城市記憶而被照亮，作者藉之彰顯自身內心巨大的批判、無力和無奈。

二、時／空交感

筆者以為此詩的時空是相至交感的，「拆去一切記憶的可能」是時間，留下「撒滿的口沫」是空間，口沫拋出的弧線，卻「企圖建構通往天際的虹」，根本不可能，以動作瞬間拉出事件中前後空間的虛幻感。

尹玲心中六〇年代的臺北亦跟現在的不一樣，當一九九四年後尹玲首次回久別的西貢，卻發現法國餐廳已不存在，老臺北與老西貢皆是失憶城市，所以她說：「我不在臺北，我不在西貢，我不在任何地方。」臺北、西貢的美好記憶皆被拆，是失憶的城市，她只能被迫流浪。

三、詩的微小結構探析

詩的眾多微小結構的細膩密集可加強總意涵結構的深度和廣度，玆分析之：

（一）第一至三行：「拆／拆／拆」，一字一行，表拆光，拆個徹底。拆，故意不念舊情，其實隱藏的是不捨。為什麼要拆？就是不想記憶、要拆光對城市的記憶。三個拆一字排開，從上拆到中，從中拆到下，代表了狠勁和「隨你去吧」，不認同又無奈。

（二）第四行：「拆去一切」。「拆去」：接上行拆字，是頂真格，很狠心的拆光。「一切」：含所有人、事、情、物皆拆。

（三）第五行：「記憶的可能」。是「可能的記憶」之倒裝句。所有能想到的記憶，既不想記憶、想要忘掉，以致故意用失憶之法。

（四）第六行：「唯獨留下」，「唯」是唯一，只獨獨留下。

(五)第七行：「撒滿空中的口沫」。有二意：一是指和他人說話時，唯獨留下還有一點趣味的事件，或稱自己的話語是口沫。二是指政治協商或政客的談話是泡沫，沒有意義的語言。「撒滿」：散布、東西散落出來，零零碎碎撒了一地，才能連到空中。「空中」：向空氣中。「口沫」：口中泡沫，代表沒有意義的話語。

(六)第八行：「企圖建構」。不可能建構，所以才要企圖建構。

(七)第九行：「通往天際的」。天際不可能通往，故是虛擬的、虛張聲勢的。

(八)第十行：「虹」。虹是氣之七彩繽紛，此虛幻不實的色是虛擬的橋，口沫建構「通往天際的虹」是不可能的「虹」。

從微小結構，可看出第一層意義是對受創者言，他們心中也想拆光對一座城市的記憶，為什麼不想記憶？因人事時地物的記憶太痛苦，然而拆去一切記憶可能嗎？這真是兩難習題。第二層意義是戰爭和政客硬生生將她的家鄉轟炸光、拆光，拆去她一切的記憶；只留下一張嘴一口泡沫，而講大話不能建國；政客對人民講得天花亂墜，皆是撒口沫，口沫不可能建構出什麼。它只能建構天上虛幻不實的虹。所以口沫＝天際＝虹。表示一切到最後皆沒有意義，從頭到尾講得天花亂墜，都是欺騙和空談，打了多年的越戰死了幾百萬人，根本是可預期的空中樓閣，如天上虹一般虛幻，此是第三層意義。因此寧願不要記憶，所以是個失憶的城市；但午夜夢回，老舊城市的記憶還是會從夢的縫隙中緩緩溢出。

（二）〈一個人在Joyce〉一詩賞析

在上首〈書寫失憶的城市〉中，她要拆去這城市一切的記憶，這首一九九七年的詩也是要遺忘一座失憶的城市，上首是直接不滿的控訴，而此首是靜坐臺北咖啡館遙想紛擾的彼處。

詩人身處臺北市名叫 Joyce 的咖啡館，獨享平靜生活。咖啡館店前有花園，放了六、七個白色帳篷雅座，白旗代表什麼？而記憶中的西貢，是真的遺忘了？失憶了？為什麼要在喬伊斯獨坐，因為別處找不到安靜，尹玲寫詩永遠用他方跟此方的對比，一如用白髮跟黑髮來對比。

這一首詩用高德曼發生學結構主義來分析，其二元對立總意涵結構是「清靜／紛亂」，平日被隱藏、難以窺探的心態，藉助遺忘一座城市、控訴獸類的叫囂。這個「清靜」、「紛亂」的二元意涵結構，或顯或隱，貫穿全詩。

一、清靜／紛亂

紛亂：是外在的強勢，容易被打擾的外力，自己無法控制的團體，也代表「獸叫囂」，永遠指向共產國家人民的大背景。清靜：詩人身處臺北咖啡館享受南歐般的平靜。此是內在、內縮、自我控制的、也是弱勢的，在無法推倒的大他者中、只有靜享獨處時，外在眾人的力量才似乎隱退。

二、白旗意涵

「逝去時光的支支白旗」有三層意思：

第一層表示投降：南越戰敗向越共投降、彷彿脆弱的小城堡向強勢的大城堡投降，無力抵擋的小老百姓向大他者投降，向野獸投降。而由叫囂的「紛亂」中走向投降後的「清靜」，其結果是苟延殘喘豎「白旗」地活著，白色也表示一切皆枉然。

第二層表示 Joyce 咖啡館帶出南歐的點點記憶：咖啡館的庭園有大白傘豎立，風中拍拍響如白旗翻動，再「紛亂」的拍動（乃至叫囂）也可供日後或書寫的當下短暫「清靜」地回味。如旗幟般豎立在不同的時光中，而只有記憶是無法投降的。

第三層白旗表示白髮：「逝去時光的支支白旗」表示生出一根根白髮。尹玲的早生白髮，曾一夕之間因憂傷變白髮，此處也提醒了她多年來逝去的憂傷時光。依本詩前後意，「支支白旗」，既代表支支白髮、也代表再「紛亂」獸的叫囂最終也得「清靜」下來，向時間、死亡投降。

三、詩的微小結構探析

（一）第一行：「靜享獨處」。靜享：靜靜地坐在咖啡館，享受獨處時光。獨處：靜享獨處彷若短暫靠近母體、有幸福感。

（二）第二行：「遺忘一座失憶的塵埃城市」。遺忘：即使舒適，她首先想到的還是他方，刻意要遺忘的大他者——不堪回首的城市。失憶的：她對這城市不要記憶，要拆去城市一切的記憶，要遺忘一座失憶的城市。塵埃：這城市有太多塵埃，一因戰爭、一因傷心。

（三）第三行：「及其獸類的叫囂」。獸類：代表戰爭、政客，可見其痛。叫囂：尹玲詩文常把政客的行為喻為囂張。及其：承接句，上承要遺忘一座失憶的城市，和製造這城市戰亂、塵埃的野心家；下接為何要遺忘的原因，因為內中有獸的紛囂。

（四）第四行：「輕撫彷彿南歐的風」。輕撫：是「我」輕撫白髮，省略主詞；輕撫是我撫摸，或者是風輕撫，我的手借風來翻飛。彷彿：彷彿是南歐的風在輕撫我頭髮。南歐的風：是詩人柔和想像風如手的暗喻。

（五）第五行：「翻飛」。此處有兩個動詞，一翻飛，一輕撫，輕撫是我撫摸或者是風輕撫；翻飛就只有風或髮會翻飛。

（六）第六行：「逝去時光的支支」。逝去時光：白旗如余光中詩中的向歲月的投降，白旗＝白髮，一夕之間變白髮，白髮日日頂在頭上，提醒她數十年來逝去的憂傷時光。

（七）第七行：「白旗」。表白髮，向逝去時光的投降，白：白色表一切皆枉然，也可象徵她的幽幽傷痛。

在咖啡館店靜享獨處，回想那個「紛亂」城市。從微小結構中，可看出「獸的叫囂」或「支支白旗」的「紛亂」，需要「清靜」、「輕撫」，才能獲得安慰。

尹玲這兩首小詩，一是記憶、一是失憶，一建構一拆散，兩相對比，款款對比，讀來令人莫名哀慟。

【詩歌】在永恆的翻譯國度裡

一

在別人以 E-mail 以金錢縱橫天下的時空
你依然堅持以不太健康的身體
飛行萬里繼續你不停的飄離
去看不知是真有或實無的界域
在既是異鄉又非他鄉的某處
淒迷孤單地度過所謂除夕

雨雪紛飛下你凝視一切和空無
華文旗幟飄滿花都
鐵塔曼妙的身軀在寒夜裡

亮起她生命中首次的紅燈華服

你依然到諾曼第 TREMAUVILLE 小小村莊
隱身在伊麗莎白典型的諾曼第小屋
品嘗你無力擺脫的宿命飄泊
反覆唱遍你終生負荷的無家名曲

二

二〇〇四年元月譯妥的西默農一書
是你自幼即開始的翻譯生涯第幾部？
你答不出來
正如你永遠回答不了
你到底是哪一國哪一鄉人
你的專長在哪一個領域
你歸屬哪一所哪一系
你是創作者嗎？還是學者？

三

是研究者吧？評論者？
是旅行者吧？漂流者？
是一無所有的絕對虛無者？
抑或只是
　只是無邊無際時空內
　　無始無終的翻譯者？

的確　翻譯是你從小注定的
　一生運命
　自此國翻成彼國
　自故鄉譯成那鄉
或是　從殖民變為外邦
　從實有化為虛幻
或是　一出生即已永恆

——二〇〇四年二月於巴黎

翻譯的宿命與永恆：尹玲〈在永恆的翻譯國度裡〉詩性解讀

【賞析】侯建州

尹玲的〈在永恆的翻譯國度裡〉是一首典範性的現代詩，以詩性視角深刻描繪了翻譯者的文化處境，並以其為隱喻，探討生命存在的宿命與哲學意義。詩人在文本中，構建了一個兼具象徵性與普遍性的文化空間，賦予翻譯者作為「橋梁」與「裂縫」的雙重意義。本文試圖以詩人語言的精緻構建與文本結構的交響式層次為切入點，探究其如何將翻譯的文化矛盾轉化為生命的永恆敘述。

一、翻譯作為文化橋梁與矛盾的隱喻

詩的開篇將翻譯者的角色置於全球化的背景之下，通過「E-mail 與金錢縱橫天下的時空」與「不太健康的身體」形成鮮明對照，揭示翻譯者在文化使命中的孤獨與脆弱。「不太健康的身體」既可理解為肉體的疲憊，更是精神與文化交錯下的象徵性隱喻，凸顯翻譯者承載文化對話的壓力。

「在既是異鄉又非他鄉的某處」，詩句進一步強調翻譯者的游移處境。這一語意張力中的「異鄉」與「他鄉」凸顯文化身分的模糊性，而「某處」則形成一種未定位的空間張力，暗示翻譯行為的流動性與不確定性。更值得深究的是，「反覆唱遍你終生負荷的無家名曲」一語，不僅直白揭示了翻譯者無根的生命狀態，更包含語言在翻譯過程中連結與失落的雙重動態。

詩中「鐵塔曼妙的身軀」與「紅燈華服」的意象，更進一步揭示文化現代化與人文孤絕的交錯。「紅燈華服」表面上賦予城市的現代化建構以柔性與繁華，但翻譯者仍然孤立於「寒夜」之中。「淒迷孤單地度過所謂除夕」，既刻畫了翻譯者在文化邊緣的孤寂，又暗示了翻譯行為的自我疏離。

二、翻譯者身分的游移與哲學化辯證

詩的第二部分通過翻譯者對身分的自省，揭示了文化間的游離與矛盾。詩句「正如你永遠回答不了／你到底是哪一國哪一鄉人」，直接點明翻譯者身分的碎片化與文化根基的迷失感。翻譯者在跨文化的對話中，既無法完全屬於原生文化，也無法全然融入目的語文化，這種身分的「中間性」成為翻譯者無法擺脫的宿命。

「無邊無際時空內／無始無終的翻譯者」，則將這種身分游移帶入形而上的哲學層面，翻譯者的存在被放置於永恆的時空結構中，形成了個體與宇宙的張力。「無始無終」既象徵翻譯者生命的漂流與持續流動，也暗示在此種流動中孕育了創造性與可能性。正如洪淑苓所言，此詩記錄了尹玲在行旅與翻譯中尋找人生位置的過程。詩人透過語言層次的不斷敞開，使翻譯行為從個體的文化實踐上升為哲學的存在。

三、翻譯作為生命宿命的永恆敘述

詩的第三部分將翻譯提升至生命宿命的高度，提出「翻譯是你從小注定的／一生運命」，將翻譯與詩人生命的起點緊密聯繫，並將其置於宿命化的文化框架中。詩句「自此國翻成彼國／自故鄉譯成那鄉」，不僅描繪了語言轉換的地理性移動，更暗示翻譯行為如何介入文化意義的再生與重構。

「從殖民變為外邦／從實有化為虛幻」，進一步呈現翻譯的歷史感與語言本體的內在矛盾——翻譯既試圖保存文化「實有」，但在轉換的過程中卻不可避免地使部分意義化為「虛幻」。最後的「或是　一出生即已永恆」，以形而上的高度呼應了翻譯行為的宿命性，詩人藉此完成了對翻譯文化意義的哲學化詮釋。翻譯者的生命不再僅是一個歷史的過程，更是一個永恆的詩意敘述。

結語：翻譯者的生命頌歌

尹玲的〈在永恆的翻譯國度裡〉是一首兼具哲學深度與象徵意涵的現代詩佳作。全詩以翻譯為核心隱喻，逐層探索文化矛盾、身分游移與生命宿命的多重意義，並以精緻的語言和結構層次實現了翻譯者內在旅程的深刻表達。翻譯行為於此既是一個文化連結的載體，也是存在本體上的裂隙，它引發文化對話同時也帶來自我疏離。

「翻譯是你的宿命」，這句看似沉重的斷言，在詩中被詩人化解為充滿希望的生命詩意。翻譯者的不斷轉換與重構，不僅創造了新的文化意義，也使翻譯成為個體與文化、個體與世界的深層對話。這首詩讓人看到翻譯者的宿命中，既有無可言說的孤寂，也有探索生命價值的無限可能。換言之，它不僅是翻譯者的頌歌，也是文化游移中的詩性註腳。

【詩歌】你站在歐洲的水上

未及打開剛剛攜回的行囊
你又一次啟程
記憶相疊在層層飛起的翼裡
遙遠城市中某一雙眸子
在火車開動時隔窗凝睇
或是那個邊界小鎮
有一隻手愛戀揮動
直到逸出天空之外

甚至只是視線偶然交集
在上下一艘渡輪之際
打了一個小小的結

你站在歐洲的水上
看著亞洲的那人
慢慢走入
一幅不能回卷的畫裡

收錄於尹玲《一隻白鴿飛過》，臺北：九歌，頁一九六至一九七。

原來是看了一部文字的動畫——淺析〈你站在歐洲的水上〉

【賞析】謝予騰

歐洲於我而言，基本是建構在螢幕裡片段的畫面、曾經擁有的凱旋T100重行機車，以及書中文字所帶來的種種想像；但如果是嘉義的水上，那我就熟悉多了，那個有著北回歸線紀念碑、小小火車站的小鎮，除了是當年在金門當兵放兩星期的返臺假時離家最近的航空站所在地之外，如今也是我來回於嘉南平原兼課人生中，在快速高架道路和省道銜接之間，必經的一個重要交通截點。

我知道，詩題目的「水上」，指的應是真正的海洋或真實世界裡的一片大面積的水域，和我口中那個有著被圍困過的機場的「水上」，理當是不同的概念；然而，詩中第一段的文字，卻與我對這座小鎮的印象有了微妙的連結，關於每一次的飛行、著陸，車站邊目送許多的離去，彷彿不知道為何卻被強制轉身的異世界番一般，在我的腦中串了起來，並和嚴忠政〈夏日在嘉義平原〉裡那段「我們繼續在自己的夢裡耕作遠方／看夕陽在水上機場降落／回憶的甜度會向甘蔗那樣千頃排開／並讓眉睫收割」相互輝映。

或許這一切，都涉及了承諾與離別。

恰巧現在正是四月天，我知道老談徐志摩，其實不見得討喜，尤其他是當代如我這種兼任大學老師的先驅，並落得了一個不大舒服的結局，但「小小的結」這一句話，實在無法不讓人想到光亮與互放，尤其是渡輪、尤其是海；至於眼中的亞洲人，就有著卞之琳的影子，多重而纏繞於主體與他者的凝視，根本上就說明了詩人眼裡，離別時層疊於靈魂皺褶縫隙裡的深情。

這樣說似乎拗口了點，不如用「畫」來討論，或許會更清晰一些——「你站在歐洲的水上／看著亞洲的那人／慢慢走入／一幅不能回卷的畫裡」如果用不同畫風來說明這幾句的變化，就類似從一幅歐洲油畫的海上，轉為水彩風格的甲板，然後又變成彩色鉛筆勾勒成的「你」，再淡化、黑白為素描的「亞州的那人」，透過當代 APP 或 AI 功能的手法，被過濾成豐子愷漫畫的樣貌「慢慢走入」，最後成為一卷中國山水畫風的別離。

（理論上應該是有個「身分認同」之類的問題，存在歐、亞人種之間，但若浪漫討論了，就不能不討論殖民，所以我想，就先跳過這部分。）

如果說詩有意象，而意象能不能靈活的流動，可以是一首詩能不能稱為「好詩」的其中一個判斷基準，那本詩就已經不單是「好」而已了——在最後一段的意象的流動上，似乎已經無法單純以「靈動」這樣的概念來看待，而更接近於當代所謂「動畫」的樣貌了。

更可貴的是，當世界眾多編劇、畫師們，都在面對AI工具的挑戰，害怕自己飯碗不保之時，詩人卻已用多年前的作品，證明了真正的寫意，或許根本用不上畫面，也就是蘇軾在〈書摩詰藍田煙雨圖〉一文中，對王維的那段評論：「味摩詰之詩，詩中有畫；觀摩詰之畫，畫中有詩。」

而在論述了這麼大一段之後，回過頭來看本作，詩的語言卻又顯得乾淨而清澈，整體上看不出任何刻意的矯作，似乎原來，這些文字、句子和語氣，就應該要自然而然地出現在那個位置上，如同春天了筍子該冒出頭、夏天的鯽魚就該抱卵一般，嚴羽筆下「羚羊掛角，無跡可求」的譬喻，用在這裡可說當之無愧。

雖說還是得承認，對於本作中所想要傳達的情感，透過我自己對於「歐洲」的想像，大有可能連好球帶的邊陲都沒能擦到，而建立在我心中的「水上」小鎮的一切經驗談，本質上就和詩人所要說的「水上」大相逕庭，但在討論這首作品時，我的意識彷彿被帶入了一個片狀的時間所組成的蟲洞，在搞不大清楚的情況下被送到了一個異世界般的場域裡，討論著一部類似於經典動畫的文字作品——果然出色的文學作品，套什麼理論或修辭，都還是無法根本性、乾脆地完整剖析。

總之，這大概又是一次回憶與多次的別離。我們看不到詩人的承諾與被承諾的內容，但若能認知到「承諾」的本質，已確實地被本作以文字給處理成一部「文字的動畫」，那歐洲大陸到底有沒有去過、是不是想像，對我這個亞洲人而言，應該也就不那麼重要了。

【詩歌】巴黎依舊巴黎

一

一如海明威那年
在 Garnier 歌劇院旁
巴黎和平咖啡館
書寫流傳永恆的流動饗宴
無論何類樂曲正在迴旋
一如今日　一如我們今日
正書寫於巴黎和平咖啡館
專心專情專注——廳內一如露天座上

二

在流動的饗宴中
我們有花　花香絲縷如蜜
閃爍燭光輕盈　飄晃如夢
愛在我們心頭
充實我們　保護我們　即使
啊！即使淚在眼眶轉動心在揪痛
悼念才剛被迫離開我們遠去的友人
熟悉一如未有機緣相識

三

巴黎就是巴黎
我們有花　我們有燭光　即使
啊！即使在某夜被迫陷入

四

AK-47曲譜的玩命節奏中
然而你看　流動饗宴仍似塞納河水
仍於蜜哈波橋下緩緩流動
即使 Apollinaire 曾於橋上追悼
追悼已逝愛情帶著絲絲痛楚重重哀傷

我們依舊上學　我們依舊工作
我們呼吸　我們吃飯　我們聊天
在我們喜愛的露天咖啡座
啜飲我們喜愛的 espresso 或 café
觀賞我們喜愛的歌劇或戲劇
聆聽我們迷戀的音樂或歌曲
朗讀緊扣我們心弦的詩篇
醉入動人心弦的散文與小說

五

鐵塔就在那兒　身姿依舊亭亭
聖母院就在那兒　鐘聲依然嘹亮

到傳統市場向 Nathalie 向 Anne 向 Laïla
向 Omar 向 Fred 或向其他小販
買一條新鮮的魚一把嫩綠的菜
一粒朝鮮薊半公斤番茄
一隻雉雞一塊牛肉半打生蠔
飯後帶著我們可愛的孩子
到公園內散步玩耍
坐上旋轉木馬　唱起快樂兒歌
讓午後美好時光跟我們一塊兒旋轉
與我們一起成熟長大

六

是啊我們有花我們有燭光
我們有愛我們有巴黎
到共和廣場到巴士底廣場到協和廣場
到羅浮宮奧塞美術館塞納河畔盧森堡公園
到我們想到的地方巴黎依舊巴黎

七

在自由與安全之間
我們要安全　我們也要自由
在巴黎就是巴黎的巴黎
我們要巴黎

八

巴黎就是巴黎
巴黎依舊巴黎

（本詩發表於《自由時報》副刊，二〇一五年十二月九日）

〈巴黎依舊巴黎〉讀後

【賞析】胡竣淮

巴黎——世界時尚與潮流匯聚之中心，一座飽含詩意與歷史記憶的城市，河岸的咖啡館、街巷朝氣、浪漫與美感建構出它自由與藝術交織的文化符碼。在這裡普魯斯特追憶華年、海明威流連忘返、波特萊爾文思泉湧，無數作家的神思流淌過這座城市的每個角落，為其鍍上一層永恆的精神光輝、一道銘刻浪漫與自由的光芒。

當我們隨著文字邁入這座城市，詩人便邀海明威為伴，引領我們走進巴黎和平咖啡館，回溯這座城市的文化歷史、向我們展示巴黎的文藝氣息。《流動的饗宴》在此不僅僅只是海明威對巴黎的禮讚，更揭開了本詩的一個主題意象——「流動」：一種生活的流動、情感的流動、歷史的流動，乃至於創傷與修復的流動。詩人寫道：

無論何類樂曲正在迴旋
一如今日　一如我們今日
正書寫於巴黎和平咖啡館

鏡像般的文字將過去與現在並置，思緒隨著歷史在街頭巷尾盤旋，這些意象彷彿讓人聽見音樂的迴盪、看見筆墨在紙上流動，親眼見證巴黎這永不停歇的生命節奏。在這一刻，巴黎不僅僅只是一座都市，它更乘載著歐洲浪漫文化的精神與信仰，另人不禁遐想塞納河畔的咖啡是否香醇，香榭麗舍大道的陽光是否晃眼……

然而光亮帶出陰影，紛爭打破平靜。

專心專情專注，正書寫於巴黎和平咖啡館的人們，可能從未想到今日：血與淚水、花與燭光、愛與哀傷，扳機叩響巴黎的夜，鮮花布滿塞納河水，突如其來的恐攻在詩裡，突如其來的痛楚在巴黎。情感在此急轉，從美好轉向傷痛，但這轉折並非突兀，反而展現出了生命的堅韌樣貌，詩人在此以一種溫柔、夢幻般的筆觸描寫悲傷，堅定而柔和地道出感受：巴黎人即使身處創傷，依然擁抱美、擁抱愛的生活態度。愛與喪、幸福與痛楚，詩人以文字哀悼，帶著我們在傷痛與美好之間短暫游移，然後繼續流動，跟著塞納河水繼續生活。

巴黎依舊保持浪漫，詩人也依舊維持溫柔。

悲傷並沒有被遺忘，在字裡行間，我們依舊能感受得到那股掩埋在日常生活之下的餘悸猶存；但與此同時，我們也更清晰地感受到一股溫和、且堅定的情緒流動，詩人以優雅而堅韌的姿態來面對傷痛：鐵塔依舊聳立、聖母院的鐘聲依舊長鳴，市場裡的喧囂與公園裡的嬉鬧彰顯著巴黎生活依舊美好。在此刻，悲傷被沉沉地壓抑在內心深處，透過這些畫面，我們看見這座城市在創傷過後的恢復過程，看見巴黎如何用生活與愛來對抗暴力與恐懼。詩人向我們展現這些生活中的微小珍貴，是啊！我們還有孩子、是的！我們還有旋轉木馬，還有那些等待成熟的小小希望。

到共和廣場到巴士底廣場到協和廣場
到羅浮宮奧塞美術館塞納河畔盧森堡公園

巴黎仍有許多美麗等待著我們尋訪，城市意象在此處不斷累積並達到升華，它彷若活過來一般向我們展露著一種「巴黎精神」：無須沉溺於仇恨或絕望，只須努力繼續生活。這座城市在追求藝術、自由與美之餘，也以自己的姿態拒絕著暴力的陰影。

當我讀完本詩後，第一感受便是這首詩還沒結束，餘味還在迴盪、悲傷還在蔓延，腦海中對於和平生活的反思與戰爭的反感還在激盪著，直至靜下心來，再度回望詩句：

是啊我們有花我們有燭光
我們有愛我們有巴黎

是啊！正因為有這些，我們才會不斷在黑暗中尋找光；也正因為有這些，人們才能在創傷中重建生活。這首詩彷若文化與人性的宣言，喚醒依舊沉浸悲傷的人們，災難與悲劇並不可怕，真正可怕的是忽視了生活美好後的麻木與絕望，正如卡謬心中的那個薛西佛斯，即便身處永恆苦難之中，祂也會因抗爭而欣喜，為野草而微笑。

美與愛不該在恐懼中熄滅，巴黎還是那個充滿靈魂與詩意的巴黎。「依舊巴黎」彷若一道詩性的迴音，像咒語般在城市空間之中迴盪，展現出詩人不願放棄對美、對愛、對城市的情感信仰：即便世界動盪，我們仍可以選擇用愛、藝術與生活來對抗黑暗。詩人呢喃般的語調提醒著我們：塞納河水永恆流動著，生命繼續前進，巴黎也依舊巴黎。

【詩歌】誘你

一切都必須是桃粉紅色
那最誘人的粉嫩色澤

香氛則是蜜意盎然的紅玫瑰
無可抗拒的盈盈沁心馥郁

桃粉紅玫瑰馬卡龍一半片：美滿的圓緣
請在她正正中心添上滋味特殊的甘納許
對，就是那柔滑味美的玫瑰荔枝奶油霜
再將最新鮮的覆盆子——
她們的嬌嫩顏色任何他物無法代替
一顆一顆　以你愛戀的關注眼神凝視

愛戀的心脈跳動輕撫　愛戀的殷勤柔軟雙手
圍種在馬卡龍深情的圓邊上
（幸福的 ISPAHAN 已一半在你的眼前！）

切記　最重要的
在她那充滿期盼的關鍵美麗心扉
獻上Q脆清甜若蜜彈性爽口
滑嫩如玉的枚枚荔枝
蓋上另一半圓緣的玫瑰馬卡龍後　請看
最耀眼的風華早已瀟灑絕代：
微帶果酸半甜的六顆嬌滴滴覆盆子
等待身邊紅豔脫俗的玫瑰數瓣輕輕挽起
最繁複最璀璨的 ISPAHAN　正以最動人的
色　香　味　觸　情　迷
以絕代迷人舞姿

誘你

發表於《吹鼓吹論壇——甜食悦人》，臺灣詩學季刊雜誌社
二〇二一年十二月，頁十四。

【賞析】蔡知臻

尹玲〈誘你〉評析

這首詩是尹玲較為近期的詩作，配合《吹鼓吹詩論壇》第四十七號「甜食悅人——甘甜專輯」所撰寫的甜食詩作。這首詩總共分為四節，前兩節較短，後兩節較長且完整，皆描述詩人對甜食「馬卡龍」的印象與滋味。在尹玲的個人網站上，這首詩有配圖，照片的背景為一家類似咖啡廳的地方，桌上盤中放了一顆粉紅色的馬卡龍，盤前有一朵橘花，整體情調與色系相當搭配且有意境。詩中有提到法文 Ispahan，即馬卡龍之意，Ispahan 是法國糕點店 Pierre Hermé 的招牌甜點，原意是大馬士革玫瑰的一個品種，後來被用來指此款有著玫瑰香氣的馬卡龍。

從詩題「誘你」可明顯感受到擬人法使用的強烈效果，引誘人來觀賞，或是吃食，這種魅惑的感覺，總讓人有所聯想。第一節將馬卡龍的色澤點出，並加之解釋最誘人的是粉嫩色澤，且一切都必須是桃粉紅色才對。可見詩人對「粉紅色」有著莫名的執著，以及喜愛。第二節點出氣味，即是口味的部分，並訴說對玫瑰的無法抗拒：「香氛則是蜜意盎然的紅玫瑰

／無可抗拒的盈盈沁心馥郁」。總的來說，前兩節內容雖短，但主要講述「誘你」的馬卡龍的基本資料，包括色澤，以及香氣口味等，是相當必要的起頭。

第三節更細緻的描寫馬卡龍誘你的原因，以及內部結構的描述等。「桃粉紅玫瑰馬卡龍一半片：美滿的圓緣／請在她正正中心添上滋味特殊的甘納許／對，就是那柔滑味美的玫瑰荔枝奶油霜」，詩人將馬卡龍打開，一半的圓上添加美味的玫瑰荔枝奶油霜，疊加了馬卡龍從外觀不一定能觸及的內容物，且詩人使用「柔滑美味」來形容奶油霜，可諭示詩人是完食馬卡龍後才寫出這首詩作，因為詩作當中多少觸及了食用過後的感受與看法。緊接敘述馬卡龍中間的覆盆子，詩人敘述為「她們的嬌嫩顏色任何他物無法代替／一顆一顆　以你愛戀的關注眼神凝視／愛戀的心脈跳動輕撫　愛戀的殷勤柔軟雙手／圍種在馬卡龍深情的圓邊上」，粉紅與紅色總是無法脫離愛情隱喻，而觀賞上面的覆盆子時，愛戀的關注與凝視清晰，輕撫愛戀殷勤的柔軟雙手，種在邊緣上。第三節最後有一括號，為詩人內心的補白：「幸福的 ISPAHAN 已一半在你的眼前！」，表示詩人已吃掉一半的馬卡龍。

第四節一開端，詩人提出最重要的部分，在於美麗心扉，中間餡料的荔枝Q彈滑嫩如玉，但截至目前為止，馬卡龍的敘述都尚未整體，直至「蓋上另一半圓緣的玫瑰馬卡龍後」一句，詩人認為這是「最耀眼的風華早已瀟灑絕代」，許多飲食詩作的書寫與比喻，除了重視色香味之外，更提示了詩人對這個食物或佳餚的核心感受，而從這首詩來看，更加強烈的感受到詩人對 ISPAHAN 馬卡龍的盛讚。詩作最後說到：「最繁複最璀璨的 ISPAHAN 正以最動人的／色香味觸情迷／以絕代迷人舞姿／誘你」，詩人將馬卡龍比喻為舞者，且並不以單一的美麗呈現，而是複雜的、也是最亮眼璀璨的狀態，展現迷人之姿，目的為「誘你」。詩作終結在「誘你」，回扣到詩題，顯示詩人確切理解 ISPAHAN 馬卡龍之美，且對自我之吸引，以及喜愛，也透過詩作，展示詩之創作美學意識。

秀威經典

PG3214　臺灣詩學論叢27

詩的隱遁術：
尹玲詩歌賞析

主　　編 / 陳政彥
責任編輯 / 吳霽恆
圖文排版 / 黃莉珊
封面設計 / 嚴若綾

出版策劃 / 秀威經典
法律顧問 / 毛國樑　律師
製作發行 / 秀威資訊科技股份有限公司
114台北市內湖區瑞光路76巷65號1樓
電話：+886-2-2796-3638　傳真：+886-2-2796-1377
http://www.showwe.com.tw
劃撥帳號 / 19563868　戶名：秀威資訊科技股份有限公司
讀者服務信箱：service@showwe.com.tw
展售門市 / 國家書店（松江門市）
104台北市中山區松江路209號1樓
電話：+886-2-2518-0207　傳真：+886-2-2518-0778
網路訂購 / 秀威網路書店：https://store.showwe.tw
國家網路書店：https://www.govbooks.com.tw
經　　銷 / 聯合發行股份有限公司
231新北市新店區寶橋路235巷6弄6號4F
電話：+886-2-2917-8022　傳真：+886-2-2915-6275

2025年9月　BOD一版
定價：390元

國家圖書館出版品預行編目

詩的隱遁術：尹玲詩歌賞析 / 陳政彥主編. -- 一版. -- 臺北市 : 秀威經典, 2025.09
面； 公分. -- (臺灣詩學論叢 ; 27)(語言文學類 ; PG3214)
BOD版
ISBN 978-626-99011-9-7(平裝)

1.CST: 尹玲 2.CST: 臺灣詩 3.CST: 詩評

863.51 114012955